Lorsqu'il n'écrit pas, Pierre Launay est musicien, chanteur, metteur en scène et comédien.

À toutes fins inutiles

Il était une bombe

Roman

Pierre Launay

Tout est dit

Tout est dit, l'orage peut éclater. Au moment où il franchit la porte du hall d'entrée, une bourrasque lui apporte l'odeur des premières gouttes tombant sur le macadam brûlant. L'air tourbillonnant emporte avec lui quelques herbes roussies par la chaleur des derniers jours, de la poussière, quelques papiers. Il sait qu'ils le regardent par la fenêtre du premier étage.

Bon, alors, c'est une princesse

– Bon, alors, « c'est une princesse… » Ta gueule Mortier !

– J'ai rien dit !

– Continuez, Christine, encouragea Christophe, Franck vous écoute et il ne doit pas faire de commentaire désobligeant, n'est-ce pas Franck ?

– Tout à fait, répondit Mortier, alors cette princesse, fit-il en se tournant, goguenard, vers Christine, qu'est-ce qui lui arrive ?

La gorge nouée Christine continua :

« C'est une princesse, elle descend tous les jours à la fontaine pour boire de sa belle eau fraîche, mais ce jour-là, debout sur le petit mur où elle avait l'habitude de s'asseoir, il y avait un affreux gnome avec des boutons sur la gueule et une haleine de chacal qui la regardait d'un air salace, continua-t-elle en fusillant Mortier du regard, alors elle s'approcha pour boire et il lui dit : T'auras beau faire ta mijaurée, je l'aurai ton p'tit cul, salope… »

– Heu… Christine… dit Christophe, c'est… vous comprenez, n'est-ce pas ? Le but est d'évoquer de vrais problèmes par le biais du conte pour les aborder calmement et les « neutraliser ». Il dessinait les guillemets dans l'air d'un geste précieux.

– Ben… c'est ce que je fais, s'exclama Christine au bord des larmes. C'est toujours comme ça à la machine à café et…

– Tututut ! fit Christophe, s'il vous plaît Christine… Je comprends, nous comprenons tous très bien ! C'est une situation particulièrement tendue, mais nous devons tous faire un effort pour trouver un terrain apaisé…

– Apaisé ! Je voudrais vous y voir ! À chaque fois, on me déshabille du regard ! J'ai l'impression d'être une pute, un morceau de bidoche ! C'est dégueulasse !

En sanglots, Christine se précipita dans le couloir, suivie de Marie-Jeanne Pontcallec du service expédition, flegmatique et équipée de mouchoirs en papier. Dans le temps suspendu qui suivit, Christophe regarda les quatre derniers membres du groupe. Derrière ses lunettes, le comptable Lionel Catherine griffonnait sur son bloc en se taisant d'un air pincé, Sibylle Laignin, secrétaire de direction, affichait son ordinaire moue boudeuse et puérile, Gérard Benjoin, l'apathique directeur du matériel restait contenu dans sa chaise comme un œuf mollet dans son lit d'épinards et Mortier, ventre en avant, s'amusait beaucoup.

– Content, Mortier ? soupira Sibylle.

– Ben quoi ? Je vais pas désespérer chaque fois que la reine Christine pète un câble ! C'est tous les vingt-huit jours…

– Mais enfin tu te rends pas compte ! Vos attitudes de gros cons, sans arrêt à mater…

– Non mais tu rigoles ? T'as vu comme elle est fringuée ?

– S'il vous plaît, intervint Christophe, nous touchons un point sensible, c'est très bien. Continuez à vous exprimer sur ce sujet en allant aussi loin que vous voulez dans la contradiction, mais en utilisant le conte et uniquement le conte. C'est votre seul outil ! Traduisez votre point de vue, soyez polémique, imaginatif, de mauvaise foi, mais ne sortez pas du cadre du conte. Transposez ! On ne doit identifier ni les situations ni les personnes. Nous avons déjà parlé de tout ça… Vous pouvez le faire, je le sais ! Qui veut la parole ?

– Moi !

Tous les regards se tournèrent vers Franck Mortier que sa vulgarité, ses manières brutales et ses plaisanteries obscènes avaient élevé au rôle peu envié de « principal problème de la boîte ». Même déformé par l'inaction et la bouffe, son physique de brute épaisse en imposait assez pour que personne n'ose se plaindre de lui à Turpin, le patron, son ami et protecteur depuis l'enfance. Hormis leur âge, leur corpulence et des anecdotes remontant à leur service militaire, ils avaient pourtant peu de choses en commun. Autant Turpin avait travaillé à s'élever socialement et humainement, autant il était clair que Mortier s'en fichait comme d'une guigne, préférant les jouissances brutales et ordinaires de la bagarre, de la baise et de la bouffe aux finasseries de bon ton. Accroché à la réussite de son copain d'enfance comme une tique à la queue d'un chien, Mortier causait quantité de dégâts et pourrissait l'ambiance au sein de l'entreprise Turpin & Fils qui aurait été sans lui une PME familiale et sans histoires. Par amitié, par pitié ou tout simplement par lâcheté, Denis Turpin remettait sans cesse à plus tard le moment de le recadrer et voulait se faire croire que les problèmes pouvaient être résolus par d'autres moyens que le choc frontal. Après avoir tenté de débloquer la situation en suivant les suggestions les plus tordues des « conseillers en entreprise » qu'on lui flanquait dans les pattes, Turpin avait accepté ce stage de management par le conte en désespoir de cause mais sans aucune illusion sur son efficacité. Or, contre toute attente, les sollicitations du très efféminé Christophe réussissaient là où avaient échoué les méthodes précédemment tentées : cercles de qualité, théories du choc, mystique du chaos, empathie transactionnelle ou clowns laborieux donc les animateurs s'étaient succédé pendant des années.

Mortier recula sa chaise, posa les coudes sur la table et se pencha en avant, exactement dans la même position que celle qu'il avait prise tout à l'heure, seul dans son bureau avec le petit Rachid avant de lui dire : « T'as deux jours pour rentrer dans les clous avant que je te vire à coups de pied au cul. » Il inspira profondément et sa face couperosée eut la même absence d'expression que celle de l'haltérophile devant sa charge. Il baissa la tête, offrant aux regards les stigmates de son passé de première ligne du quinze de France, ses oreilles en chou-fleur, le gras bourrelet de sa nuque et le réseau de cicatrices blanchâtres zigzagant parmi sa chevelure en poils de sanglier, puis il lâcha la pression et parlant à ses poings serrés l'un à l'autre, il se lança :

> *« Il était une fois un pauvre paysan qui ne pouvait pas nourrir sa famille tellement il avait une chiée de gosses. Dans les champs, il était plus bon à rien, alors il passait son temps au bistrot. Quand il était trop bourré pour cogner sur sa femme, ses mômes venaient le chercher. »*

Il fit une pause et jeta un coup d'œil de côté pour s'assurer qu'on ne se foutait pas de lui. Mais son auditoire paralysé de trouille redoutait ce qui allait peut-être remonter des profondeurs de ce gros corps. Lionel Catherine qui se souvenait de l'avoir vu vomir son gros rouge au méchoui du comité d'entreprise réfléchissait au moyen de protéger ses chaussures d'éventuelles éclaboussures et chacun se tenait sur ses gardes, mi-fasciné, mi-horrifié, comme devaient être aux arènes les spectateurs des combats de gladiateurs. Les images du passé fatalement pathétique de Mortier étaient en train de faire surface mais tout le monde en redoutait par avance la puanteur. Conscient de sa solitude, il reprit en regardant ses mains :

> *« Un jour, son plus jeune fils regarda sa vie. Il avait faim, des poux, des fringues de clodo et toute l'école se foutait de lui. Il se dit : ça suffit comme ça, et… »*

Mortier s'arrêta net.

– Et merde tiens ! Ça me fait chier ! Vous avez qu'à la continuer vous-même cette putain d'histoire !

– Excellente idée, s'exclama Christophe, avec enthousiasme.

L'instant était historique et Christophe se retenait de laisser éclater sa joie. Après des semaines d'essais infructueux, c'était au cœur même de la crise que l'atelier de contes décollait. Certes, il s'en fallait de beaucoup que l'abcès fût crevé mais on avait commencé à le titiller et la douleur avait fait monter les larmes aux yeux de Mortier. Ses collègues le regardaient désormais autrement et la perspective d'une faille dans ce tas de bidoche violente leur donnait des idées de vengeance et d'anthropophagie. Plus ou moins consciemment, ils comprenaient que le « principal problème » ferait un excellent bouc émissaire.

– Qui veut continuer, demanda Christophe. Sibylle ?

– Oh, si ça vous amuse, minauda-t-elle.

Sibylle Laignin, secrétaire de direction, ignorait que ses collègues la surnommaient « Gnangnan ». À bientôt quarante ans, elle portait toujours des ballerines blanches et des socquettes, se parfumait à la pomme verte et fumait des Kools. Ayant rejeté l'accroche-cœur qui balayait sa joue rebondie, elle posa ses mains bien à plat sur la table, prit une inspiration qui rappela à l'entourage la fermeté et le galbe de son 90 bonnets C et continua le conte sous l'œil morne de Mortier maintenant complètement renversé contre le dossier de sa chaise.

> « *Alors, la nuit venue, il mit un joli caillou, un petit couteau et un quignon de pain sec dans un baluchon, le jeta sur son épaule et partit découvrir le vaste monde. La forêt était noire et épaisse, mais il n'avait pas peur. La lune, sa compagne des nuits sans sommeil, le regardait au-dessus des arbres. Il marcha sur la route, tout heureux à l'idée de s'éloigner de la misère et des coups de trique de son père. Il était triste aussi d'abandonner sa mère, mais quand il aurait fait fortune, il reviendrait et lui rapporterait en cadeau des vêtements bien chauds et une vie plus belle. Il rencontra un homme sur son chemin.* »

Sibylle chercha vainement dans les dalles de polystyrène du plafond une inspiration pour suite, fit battre ses cils gainés de mascara puis pointa un ongle manucuré sur Lionel Catherine, le comptable compassé.

– À toi maintenant.

Christophe se retint d'intervenir. Pourtant le volontariat avait valeur de règle au sein de l'atelier et nul ne devait y imposer quoi que ce soit. Mais pour une fois qu'il se passait quelque chose, il préféra laisser faire. D'ailleurs, l'injonction ne déplaisait pas à Lionel qui reboucha son stylo à plume, le posa près de son bloc et continua la narration de Sibylle en laissant tomber de sa bouche en cul-de-poule les mêmes petits mots secs qui servaient à ses bilans financiers.

> « *– Où t'en vas-tu ? Demanda l'homme d'une voix douce,*
> *– Je m'en vais découvrir le vaste monde, répondit l'enfant*
> *– Qui es-tu ?*

– Je suis François, répondit François avec confiance. Et vous ?

– Je suis un marchand. Je vais à la foire de Tringuelingue et je cherche un abri pour la nuit.

Tout en bavardant de choses et d'autres sous le regard de la lune là-haut au-dessus des arbres, ils arrivèrent à une clairière où fumait la cheminée d'une maisonnette au toit de chaume. Une lanterne était allumée devant la porte. Ils s'approchèrent et frappèrent. »

– À toi maintenant, dit Lionel à Gérard.

D'ordinaire, les regards glissaient sur le corps mou du directeur du service des contentieux comme des gouttes d'eau sur une toile cirée. Remarquablement dépourvu de charisme, Gérard Benjoin ressemblait à n'importe qui et avait toujours été le dernier dont on mémorisait le nom ou le premier qu'on oubliait. Furtif et maladroit, il restait toujours entre l'ombre et la lumière comme s'il n'avait pas été clairement invité à partager l'existence commune.

La porte s'ouvrit et Christine suivie de Marie-Jeanne revint s'asseoir avec force regards assassins à l'endroit de Mortier. Dans le silence ponctué de reniflements, le groupe reporta sur Benjoin une curiosité mêlée de dégoût. Il redressa la masse fuyante de son corps, pressa l'une contre l'autre ses paumes moites et baissa la tête comme font dans les films policiers les maris accablés avouant au commissaire le meurtre de leur femme, puis, relevant sa frange trop longue, il tourna regard las vers l'auditoire.

« Après quelques minutes, la porte s'entrouvrit
Laissant pointer sur eux le canon d'un fusil.
– Passez votre chemin ou je lâche mes chiens !
Fit une voix plus grinçante que la roue d'un moulin.
Il n'y a rien ici pour ceux de votre espèce !
Si vous ne partez pas, je vous plombe les fesses !
Mais ils avaient senti la bonne odeur de soupe
Et maintenant, la faim les tenait sous sa coupe
Le Marchand dit :
– N'ayez surtout pas peur de nous !
Votre prudence est juste ! Il faudrait être fou
Pour ouvrir grand sa porte à tous les chiens errants

> *Aux fantômes, aux esprits, pourquoi pas aux brigands !*
> *Mais nous n'en sommes pas, par la grâce de Dieu,*
> *Rien que deux voyageurs, un jeune et moi, le vieux,*
> *Que la nuit a surpris au beau milieu des bois.*
> *Votre soupe sent bon ! Pourrait-on pas des fois*
> *En avoir juste un peu, et un coin pour dormir ?*
> *– S'il vous plaît, dit François, vous nous feriez plaisir !*
> *Le canon du fusil s'abaissa et l'on put*
> *Voir passer par la porte, le bout d'un nez crochu. »*

Soudain vide de toute énergie, Gérard Benjoin se rejeta dans le fond de son siège, laissant sa mèche lui retomber sur l'œil. Estomaqué, le groupe béait de stupeur devant le directeur du contentieux. Voilà que ce mollasson pas propre que les femmes saluaient de loin pour n'avoir pas à connaître la moiteur de ses doigts ni les remugles de son haleine, faisait des alexandrins ! Ils en étaient comme deux ronds de flan et ils l'auraient félicité s'il avait été moins antipathique et moins détesté. Mais toute nouveauté est une menace et au travail comme ailleurs, la roche tarpéienne est proche du Capitole. Les regards étonnés se firent bientôt inquiets puis méprisants. De l'avis général, il devait y avoir des raisons louches à ce « coming out poétique » longtemps dissimulé et l'art poétique de Benjoin avait après quelques secondes, rejoint les jérémiades de Mortier dans un lac d'indignité.

Sans que quiconque lui eût demandé quoi que ce soit, Marie-Jeanne continua d'un air appliqué.

> *« C'était la sorcière Frite-Menue. Elle était venue habiter dans cette forêt désolée pour ne plus entendre jouer les enfants de l'école à côté de chez elle. Elle ne les digérait plus depuis qu'elle avait avalé en trois bouchées un gros garçon à la nourriture trop riche qui lui avait détraqué le foie, donné un teint jaunâtre, des verrues sur le nez et une haleine épouvantable. Quand elle baillait, les feuilles tombaient des arbres, et son chat noir crachait et couchait les oreilles quand elle s'en approchait.*
>
> *Pour suivre les conseils d'Abracada-bio, le magazine de la sorcellerie durable, elle se préparait de la soupe de légumes qui soulageait ses digestions pénibles, mais comme elle était paresseuse elle n'en faisait qu'une seule fois par an. Elle venait*

donc d'en préparer une quantité atroce dont l'odeur délicieuse masquait celle de ses pieds aux ongles tout noirs.

En voyant les deux voyageurs, elle se dit :

– Si la soupe guérit ma digestion, je vais peut-être recouvrer l'appétit et je pourrais manger ces deux-là… Le gamin m'a l'air dodu et musclé à souhait : il doit faire du rugby pour avoir une si parfaite tête d'ahuri et les oreilles en chou-fleur… »

Lorsqu'elle se tut, les membres du groupe, habitués à considérer Marie-Jeanne de l'expédition comme quantité négligeable, se rendirent compte qu'ils ne l'avaient pas écoutée, tout préoccupés qu'ils étaient de leur récente détestation de Benjoin. Mortier avait bien levé une paupière de gros chat en entendant le mot « rugby », mais il n'était pas bien certain d'avoir aussi entendu « tête d'ahuri » et « oreilles en chou-fleur ».

Ce n'était pas le cas de Christine Ladurel qui, le nez brillant et le Rimmel en berne, leva une main hésitante et demanda pour la deuxième fois la parole. Intérieurement, Christophe jubilait. Christine formait avec Mortier dont elle était la victime préférée, un duo indissociable qui cristallisait à lui seul l'essentiel des conflits de la boîte.

Les femmes se ralliaient à Christine par solidarité automatique, alors que les hommes, considérant l'ostentation avec laquelle elle exposait ses généreux appâts aux risques de leur impétueuse virilité, se faisaient complices de Mortier au nom de la gaudriole et de la paillardise de bon aloi.

D'une voix pleine de fureur rentrée, Christine enchaîna donc :

« Elle ouvrit sa porte et les fit entrer dans sa maison. C'était une petite maison de bois, qui sentait bon la confiture et le propre. La sorcière Frite-Menue avait par malheur un vilain nez, mais ceux qui la connaissaient savaient à quel point elle était gentille, et chaleureuse, et drôle. Seuls les imbéciles s'arrêtaient à son aspect et l'appelaient sorcière. Or, François était un imbécile de la pire espèce. Il se mit à pleurer et à faire pipi dans son pantalon lorsqu'elle se pencha vers lui pour lui faire un bisou. Terrorisé, il se leva d'un bond et s'enfuit dans la forêt en hurlant « Sorcière ! Vilaine Sorcière ! »

Mais Frite-Menue possédait des pouvoirs magiques. Elle lui jeta un sort en disant :

    — Puisque c'est ainsi, tu auras toute ta vie peur des femmes, tu demeureras inaccessible à leurs qualités et tu ne trouveras ton plaisir que dans des jeux brutaux en compagnie d'imbéciles de ton espèce. »

Il se fit un silence autour de la table. Mortier, sentant s'effriter la solidarité masculine autour de lui tentait un vague sourire narquois, tout en cherchant comment sortir de ce piège.

– Chapeau, dit-il à Benjoin, je ne savais pas que tu faisais des poèmes…

– Franchement, Mortier, à part faire pleurer Christine, qu'est-ce que tu sais de nous, conclut Sibylle. Le regard triomphant qu'elle échangea avec Christine n'aurait pas claqué plus fort si elles s'étaient tapé dans les mains.

Christophe flottait sur un petit nuage en rappelant le rendez-vous de la semaine suivante.

– Vous avez fait du très bon travail. Vous avez compris comment ça marche, c'est excellent. On va continuer de cette façon. Pour la prochaine séance, continuez ce conte pour vous-même. À la semaine prochaine.

– J'te paye un café, Ladurel, demanda en sortant Franck Mortier à Christine.

Il ne lève pas les yeux

Il ne lève pas les yeux, ne leur fait pas signe. De grosses larmes de pluie étoilent le pare-brise de la berline, sa berline, qu'on lui laisse pour qu'il se souvienne. Il ouvre la portière et s'assoit dans l'intérieur cuir en jetant sur le siège passager l'enveloppe que la blonde lui a donnée.

Alors Chénaz, comment va

– Alors Chénaz, comment va, ce matin ?
Denis Turpin avait lui-même ouvert la porte et lui tendait sa main musculeuse et poilue qui engloutit avec une surprenante douceur celle de Christophe Chénaz. Turpin lui désigna le coin que le décorateur avait appelé « entretien informel » : quatre fauteuils et une table ronde près d'une fenêtre donnant sur les toits humides des ateliers et les nuages bas roulant sur les collines.
– Asseyez-vous donc ! Café ? C'est pas encore l'heure de l'apéro…
Sans attendre de réponse, il hurla à la cantonade : Poulette ! Deux cafés !
Il massait de ses deux index les traces de ses lunettes à la racine de son nez, en laissant errer son regard sur le mobilier « acajou, cuivre et cuir » de son bureau.
– Alors Chénaz ? Comment va, ce matin… Oh, merde, je l'ai déjà dit non ?
– Ça va très bien Monsieur Turpin, éluda Christophe, aujourd'hui en particulier…
– Les contes, ça marche ? Mortier vous fait pas trop chier ?
– Monsieur Mortier fait face à certaines difficultés…
– Vous laissez pas emmerder hein ! Je connais le gugusse, vous savez ! C'est un type adorable, mais parfois…
– En effet, parfois… Mais je dois dire…
– Ah ! Le café !
Toute son attention était soudain tournée vers Poulette apportant, en oscillant sur ses talons aiguilles, deux tasses dont le contenu versait dans les soucoupes. Après avoir bu chaque seconde de son déhanchement, son regard pétilla lorsqu'elle pencha vers lui son généreux décolleté.

– Poulette, t'es la meilleure, soupira Turpin, la lèvre frémissante et la main se retenant de lui flatter la croupe. Le démon de midi qui répandait sa douce chaleur dans son sexe lui fit émettre un soupir de satisfaction et d'orgueil.

Denis Turpin, c'était connu, désirait toutes les femmes qui évoluaient autour de lui d'une façon quasi automatique. On s'en accommodait d'autant plus aisément qu'aucune n'en était à vrai dire agacée. Ce n'était pas une brute, juste un quinquagénaire adolescent et amoureux de chaque jupon qui passait et résolu à jouir désormais des plaisirs de l'existence. Sa boîte tournait toute seule et son aisance financière lui valait des succès faciles auprès des jeunettes du genre des « poulettes ». Ses conseillers en management lui faisaient entendre qu'il laissait dans ces amourettes, une énergie qu'il serait plus « performatif » d'appliquer à son travail. Il estimait pour sa part, que ces peigne-cul mal baisés ne comprenaient rien à rien et qu'ayant sacrifié à son entreprise l'essentiel de son existence, il avait légitimement gagné le droit de jouir des plaisirs de la vie. Pour qu'on lui fiche la paix, il acceptait néanmoins régulièrement les propositions imbéciles de management d'entreprise de ces crânes d'œuf, dont la dernière n'était rien moins que ce grotesque *atelier de management par le conte* qui lui coûtait un bras. Améliorer la communication dans l'entreprise en inventant des contes de fées… Il fallait un culot d'acier pour proposer un truc aussi stupide ! C'était tellement énorme qu'il avait accepté, pour rigoler, quand Massenard lui en avait parlé. À tout prendre, ça changerait des séminaires de saut à l'élastique : on ne sortirait pas de là plus con qu'avant. Christophe, l'animateur, lui avait paru heureusement différent de ses concurrents. Ni sportif recyclé, ni quarantenaire au physique de marathonien, ni militante libérale au tailleur agressif, Christophe Chénaz montrait plus de qualités d'écoute que de capacité à écraser son adversaire. Or, Turpin se sentait à une période de sa vie où il fallait aller à l'essentiel et aspirait par-dessus tout à la bienveillance.

En lui-même, il se disait que Christophe représentait sa part cachée, celle qu'il ne pouvait à aucun prix révéler dans le cadre de sa fonction de chef d'entreprise. Lorsqu'il se disait qu'il l'aimait comme un fils, il se reprenait : « un fils pédé, manquerait plus que ça… »

– Bon. Et avec Lignard, pas de problème ?

Déléguée CGT, heureuse de vivre comme un exemplaire de *l'Humanité*, Hélène Lignard se faisait craindre de toute l'équipe de direction depuis son poste d'ouvrière dans les profondeurs de l'atelier d'expédition.

– Je la vois cette après-midi avec le deuxième groupe.

– Ça doit pas être sa tasse de thé les contes de fées !

– Vous savez, ce n'est facile pour personne, mais ça fait beaucoup de bien. Vous devriez vous joindre à nous un de ces jours. Ce serait très apprécié dans les services.

– Et où je trouve le temps ? J'ai pas une minute !

Il faisait le type débordé, mais son œil riait.

– Bon, allez, je viendrai dès que je pourrai, ne serait-ce que pour explorer l'imaginaire de cette pétroleuse coincée. C'est comme ça que je l'appelle : la « pétroleuse coincée » Ça lui va bien, vous ne trouvez pas ?

– À qui ?

– Mais à Lignard, voyons ! À la sainte Hélène Lignard, demi-vierge et martyre ! Elle est coincée cette fille !

– Monsieur Turpin…

– Oui ?

– J'ai une question…

– Oui, quoi ?

– J'ai présenté ma facture, mais j'attends toujours qu'elle soit honorée…

– Ah oui, c'est vrai, on va vous faire ça tout de suite. Poulette brailla-t-il vers la porte où s'encadra le visage indolent de Poulette battant des cils. Tu dis à Adèle de faire le nécessaire pour que Ché… pour payer la facture de Monsieur Chénaz.

– Tout de suite, Monsieur, répondit Poulette avec une œillade et un frémissement du croupion.

– Ah celle-là… dit Turpin avec un regard complice à Christophe. Ah oui ! Votre facture ! C'est moi qui ai demandé qu'on la retarde parce que je voulais vous demander… enfin, je voulais prendre la température auprès de vos stagiaires pour savoir si on reconduisait une session.

– Tout de suite ?

– Oui, ou dès que vous pourrez, si les retours sont positifs.

– Vous me prenez un peu de court, et pour tout vous dire je ne m'y attendais pas… je suis ravi, bien sûr, mais je croyais…

– Vous pensiez que je pensais que c'était des conneries, c'est ça ?

– Et bien…

– Et bien vous vous êtes trompé mon petit vieux. Je crois en cette technique poétique et révolutionnaire ! Vous savez, Chénaz, je n'ai pas toujours été patron… Moi aussi j'ai rêvé de changer le monde ! Alors pour une fois que j'ai la possibilité de rigoler un peu dans ma boîte, je vais pas m'en priver hein ? Depuis cinq semaines que vous animez cet atelier de management par le conte, l'ambiance s'améliore, alors pourquoi s'arrêter ?

– Bien, et bien… Très bien… Je suis ravi. Voulez-vous une proposition par écrit ?

– Oui, par écrit, ce sera parfait !

– Bon, d'accord. Je vous fais ça le plus vite possible.

– Je compte sur vous Chénaz, dit Turpin en se levant pour clore l'entrevue.

Posant sa grosse patte sur son épaule, il l'accompagna jusqu'à la porte où il lui octroya une chaleureuse poignée de main sous le regard humide de Poulette finissant sa manucure.

– On va faire du chemin ensemble mon petit Chénaz !

– Ah, Monsieur Chénaz, intervint Poulette papillonnante et écervelée, la salle de réunion est prise cet après-midi. Ça vous ennuie pas d'vous installer dans l'salon de repos ? Vous s'rez bien dans les fauteuils…

– Non, non, pas de problème, ça ira très bien bredouilla Christophe en sortant, gonflé à bloc.

Une fois la porte refermée, Turpin demanda tout haut :

– Il serait pas un peu pédé celui-là ?

– Ah ben vous alors, gloussa Poulette, pour donner son avis.

– Dis-moi, cocotte, dit-il en embrassant du regard la coiffure de pâtre grec et les seins fermes pigeonnant dans le décolleté, il t'a fait du gringue ?

– Ah ben non…

– Alors tu vois bien qu'il est pédé !

– Ah ben vous alors, gloussa derechef Chloé Leblanc, alias Poulette, alias Turpine, alias la pute du patron.

Il la regarda avec étonnement. Elle ne lui avait pas paru si gourde que ça les jours derniers, mais cette soudaine niaiserie, loin de le calmer lui fit monter une bouffée de désirs salaces. Cette petite l'éclatait. Elle n'avait pas froid aux yeux et elle avait même des audaces qui le déconcertaient. Il était curieux de voir jusqu'où elle pouvait aller…

– Je vais pisser, l'informa-t-il, après tu me passeras Massenard au Conseil Général.

Quand il revint, Chloé affichait l'air triomphant d'un gamin qui vient de pêcher son premier poisson :

– J'ai Monsieur Massenard en ligne !

– Très bien Poulette ! Tu me le passes dans mon bureau et tu viens débarrasser, dit-il avec un clin d'œil.

Les mains sur la gaine souple

Les mains sur la gaine souple du volant, il regarde s'écraser sur le capot de la voiture immobile, les grasses larmes de l'orage. Sous le ciel d'un noir d'encre, le vent furieux jette du sable et des gravillons sur la carrosserie, puis retombe. La pluie dessine des étoiles dans la poussière.

Poulette prit le temps

Poulette prit le temps de remettre du parfum et du rouge à lèvres. Dans son CV, Chloé Leblanc avait mentionné ses petits boulots de serveuse et ses stages d'hôtesse d'accueil, mais elle n'avait rien dit de sa bourse de recherche en sociologie, considérant que l'intitulé de sa thèse (« les comportements archaïques des mâles dominants au sein des cercles de pouvoir ») aurait pu effrayer son employeur. Chloé s'engageait personnellement pour enrichir le fonds d'expérimentation clinique de la psychosociologie qu'elle étudiait avec passion et recherchait en permanence de nouveaux spécimens. De jolies filles au string dépassant du short et sans illusions quant à leurs performances de dactylo, lui avaient indiqué Turpin, Président Directeur Général de Turpin & Fils comme possible objet d'études. Que ce soit en stage ou en CDD, toutes avaient été ses secrétaires personnelles et il les avait toutes surnommées Poulette après qu'elles fussent, sans surprise passées à la casserole. En retour, elles l'appelaient « Tutur », tendre diminutif de Turpin selon les unes, de « Turbot-Lapin » d'après les autres. Elles le disaient gentil, pas chiant et lui étaient reconnaissantes de les avoir aidées à trouver ensuite un vrai boulot ou une formation solide.

Pour Chloé, il faisait parfaitement l'affaire. Il illustrait à merveille le paradigme du dirigeant recherchant dans une sexualité intempestive une récompense narcissique à sa fonction. Elle entra facilement en fonction après une candidature spontanée et un bref entretien d'embauche et fit de ce quinquagénaire émotif à la main baladeuse son cobaye à son insu et testant sur lui l'efficacité de son sex-appeal. Elle avait dressé un plan général d'expérimentation rempli d'items, de lignes, d'axes, de mises en perspective, d'expertises, contre-expertises, supputations et hypothèses, qui ne souffrait ni approximations, ni interprétations hasardeuses. Après avoir passé trois semaines sur l'étude de *la notion d'Obscénité / Pudeur*, elle avait ouvert un nouveau champ expérimental sur *les effets de la bêtise de l'objet du désir sur le comportement sexuel du mâle dominant*. Elle lui avait donné comme titre provisoire à ce nouveau chapitre : *Est-il excitant de se taper une gourdasse ?* Son comportement de Bimbo décérébrée avait donc un but scientifique et les premiers résultats semblaient concorder : l'excitation de Turpin croissait à proportion de son idiotie.

Lui n'en croyait pas ses sens. Les audaces de cette Poulette dépassaient ses fantasmes les plus osés. Elle ne reculait devant rien, absolument rien, et s'adonnait à des perversions qui ne lui avaient jamais traversé l'esprit. Un mois de ce régime l'avait amené à la limite du traumatisme et il se serait sans doute mis à douter de sa virilité s'il avait fallu maintenir cette cadence. Le QI de présentatrice météo que Chloé affichait soudain était comme un coup de fouet à sa libido harassée. Bien que déconcerté, il sentait revenir en lui ce sentiment de supériorité qui invite l'homme à protection magnanime après les caresses les plus infâmes.

L'air nunuche à souhait, Chloé apporta dans le bureau son maquillage putassier et son croupion tortillant. Absorbé par sa conversation téléphonique et avachi dans son fauteuil en cuir, Turpin faisait l'indifférent.

– Oui, très bien, je vous remercie Monsieur Massenard, et vous-même… ? Tant mieux, tant mieux… Oui…

Elle inclina face à lui son décolleté au-dessus des feuilles éparses qu'elle ramassait pour déposer la tasse avant de faire le tour du bureau.

– Et bien justement ! Je voulais vous remercier de m'avoir mis en relation avec cette société de management… Oui… Et bien, j'ai donné suite à votre proposition et depuis cinq semaines maintenant nous avons un atelier de contes… Non, non, de contes de fées. Oui !

La jupe vint frôler l'accoudoir et la main de Turpin se retourna pour jouer comme un jeune chat avec les trésors offerts.

– Oui… Très bien, dit-il en éprouvant la fermeté de la cuisse, alors voilà ce que je vous propose, continua-t-il dans un souffle, découvrant avec émotion que le string était de la même dentelle que le soutien-gorge.

– Ah ben vous alors, murmura Chloé tandis que les gros doigts de Turpin inventoriaient sa féminité.

Il fit son possible pour démontrer qu'en certaines circonstances le cerveau masculin peut - comme son homologue féminin - effectuer simultanément plusieurs tâches, continua son entretien téléphonique tandis que sa main s'émerveillait pour la centième fois des tiédeurs de Poulette qui geignait appuyée au bureau. Mais cinq minutes plus tard Massenard inquiet de ses halètements et de son incohérence lui demanda si tout allait bien.

À genoux sous le bureau, Chloé prenait mentalement des notes pour son mémoire et s'amusait beaucoup.

Il met le contact

Il met le contact.
Les essuie-glaces se mettent en route et l'autoradio commence à déverser les informations qu'il écoutait pour se tenir au courant de la marche du monde. Elles ne lui servent plus à rien maintenant. Il cherche autre chose, et tombe sur une musique qui lui donne le sentiment d'être le héros d'un film où partir sur les routes est une aventure, une liberté, un espoir.

Alors, Adèle ? Ce stage de conte

– Alors, Adèle ? Ce stage de conte, qu'est-ce que ça dit ?

Le regard de Turpin, chaud et lourd, caressait les courbes d'Adèle Benguigui, directrice des ressources humaines et accessoirement ex-épouse de Franck Mortier.

– Ça se passe plutôt bien, paraît-il.

– Tu y es allée ?

– Non. Je n'ai pas envie de me dévoiler devant tout le monde…

Turpin s'agita un peu sur son fauteuil et la gronda gentiment,

– Tu as tort, ça te ferait du bien ! Et puis j'ai besoin que tu y ailles ! J'ai besoin de ton avis. J'ai demandé à Chénaz un devis pour une deuxième session.

– Christophe ?

– Oui, Christophe Chénaz. Qu'est-ce que tu penses de lui ?

– Je l'ai juste rencontré comme ça, je ne l'ai pas vu travailler, mais il me fait plutôt bonne impression. Intelligent, sensible, il comprend vite et on se sent en confiance avec lui…

– Il est pédé…

– Ça te gêne ?

– M'en fous !

– Menteur !

Turpin rigola. Il l'aimait bien. Elle avait embelli depuis qu'elle avait quitté Mortier. Il était fier d'avoir insisté pour qu'elle reste au sein de la boîte malgré la présence de son ex-mari dans l'équipe dirigeante. Il tenait beaucoup à elle. Il admirait l'aisance de son ample corps qui lui évoquait une pâtisserie viennoise, énorme et aérienne, pleine de crème Chantilly.

Adèle aimait en retour son regard gourmand. La compagnie de Denis Turpin la rassurait quant à son abondante féminité. Elle aimait aussi qu'il lui fasse confiance comme maintenant où il voulait connaître son opinion sur cette farce, cet atelier de conte de fées qu'elle trouvait en réalité tout à fait déplacé au sein d'une entreprise sérieuse. Mais par amitié pour lui, elle dit :

– Tu veux vraiment que j'aille jouer au Petit Poucet au lieu de bosser ?

– Absolument ! Tu veux que je t'en donne l'ordre ?

– Qu'est-ce que tu espères de ce machin pour baba cool ?

– Un peu de fantaisie ! Que les gens de la boîte se posent la question de ce qu'ils y cherchent, de ce qu'elle peut faire, de ce qu'ils peuvent y faire, comment ils peuvent s'y épanouir !

– Mais Denis, les réponses à ça sont écrites en bas de leur fiche de paie.

– Et bien, je ne crois plus à ça. Les gens ne viennent pas travailler seulement pour le fric. Il y a des tas d'autres raisons. Tiens, moi par exemple…

– C'est toi le plus gros salaire !

– Et bien même si je gagnais moins…

– Menteur ! Si tu devais gagner moins, tu changerais de boulot…

Il réfléchit, boudeur.

Adèle adorait stopper net son élan et admirait la capacité qu'il avait de faire face à la contrariété en se posant pour réfléchir intensément. Il vit le rire dans son œil et lui dit :

– Tu vois ! Le plaisir que tu prends à cet instant, ça n'apparaîtra pas sur ta fiche de paie et pourtant, c'est une des raisons pour lesquelles tu viens bosser, parce que ça t'amuse de discuter avec moi, de me faire chier et d'être de mauvaise foi !

    – Pas du tout, protesta-t-elle, faussement outrée.

Il insista en détaillant ostensiblement son corps du regard :

    – Tu veux la liste de tes satisfactions personnelles au boulot ?

    – Denis, tu es un gros cochon et ton attitude équivoque ne peut rester impunie. J'irai donc me ridiculiser à cet atelier stupide et raconter à tout le monde tes turpitudes et ton harcèlement.

    – Tout ce que tu voudras tant que c'est sous forme de conte de fées.

    – Tu auras le rôle du crapaud baveux…

    – Fais-toi plaisir !

Adèle sortit le cœur en fête du bureau de Turpin. Il avait raison : elle aimait travailler avec lui, pallier son manque de rigueur par son efficacité, lui épargner les fastidieux problèmes de personnel, soutenir sa capacité à imaginer, à créer. Elle trouvait auprès de lui l'intimité et la considération auxquelles elle n'osait plus croire après l'échec de son mariage avec Franck.

« Auprès de lui ». C'est ainsi qu'elle évoquait sa collaboration avec Denis. Pourtant, ils ne formaient pas un couple. Après son divorce, il y avait un peu plus de deux ans, Turpin lui avait fait une cour assidue, à laquelle sa timidité ajoutait ce qu'il fallait de romantisme. Elle le soupçonnait d'avoir forcé le ton pour lui remonter le moral et elle lui était reconnaissante de n'avoir pas alors profité de sa faiblesse. « Quoique… » se disait-elle aussi.

Adèle avait regagné son bureau depuis vingt minutes lorsque son téléphone sonna. Turpin lui dit d'une voix un peu haletante :

– Si la compagnie d'un gros crapaud baveux ne te dégoûte pas trop, j'ai retenu une table aux *Chats Fourrés* ce soir. Je passe te prendre à huit heures.

Il raccrocha avant qu'elle ait pu dire quoi que ce soit. Elle regarda le téléphone avec un grand sourire tout en se demandant où le timide Denis avait trouvé l'énergie d'une demande aussi directe. Elle se demandait aussi si ce n'était pas trop tard, si elle lui plaisait vraiment, et s'il lui plaisait, quels projets ils pourraient encore faire, quels voyages, et pourquoi il avait cette voix bizarre.

Il roule jusqu'au poste

Il roule jusqu'au poste de garde où Rachid lui ouvre la barrière. Son sourire lui entre dans le cœur. La pluie se déchaîne dès qu'il atteint la route.

Turpin avait donné congé

Turpin avait donné congé à Chloé après son coup de fil à Adèle dont elle lui avait suggéré l'idée. Depuis son arrivée dans la boîte, elle s'était rendue plus précieuse qu'aucune aucune stagiaire avant elle. Elle savait d'instinct ce qu'il fallait faire pour que tout aille pour le mieux. Chloé était un miracle, ni plus ni moins, et à son contact, Turpin s'épanouissait. Toujours partante pour leurs moments coquins, elle y apportait une imagination sans limite et il en avait plus appris en trois mois avec elle, que pendant cinquante-quatre ans d'une vie sexuelle pourtant abondante et variée. Trois mois auparavant, il pensait que les femmes comme elle, totalement libérées et avides d'expériences, n'existaient qu'en littérature ou en imagination, mais Chloé existait bel et bien, ses sens le lui confirmaient tous les jours et parois même plusieurs fois.

Tout à l'heure, lorsque Adèle était sortie de son bureau, elle avait senti qu'il était tout émoustillé. Elle s'était placée auprès de lui comme elle faisait souvent, les fesses appuyées au bureau ouvrant à la grosse main velue son chemin buissonnier et lui avait dit :

– Vous devriez appeler Madame Benguigui, elle en meurt d'envie.

– Tu crois ?

– Et vous aussi, insista-t-elle en riant et en tâtant de la pointe du pied l'élévation des sentiments de Denis Turpin.

– Mais je ne sais pas…

– Invitez-la au restaurant avant de la sauter…

Chloé qui n'ignorait rien de ses faiblesses et de sa timidité, lui détailla par le menu la stratégie à mettre en œuvre, ce qu'il fallait dire et les erreurs à ne pas commettre. Elle lui fit même répéter la communication et il fut assez bon. Mais en coach attentif et pour le détendre tout à fait, elle passa sous le bureau pour lui prodiguer ses encouragements pendant qu'il appelait pour de bon.

Les sens et l'âme en paix, Turpin s'en fut, le cœur léger dans le soir printanier, acheter une babiole et se mettre sur son trente et un.

Même à grande vitesse

Même à grande vitesse, les essuie-glaces permettent à peine d'y voir quelque chose. Il avance néanmoins dans le torrent qu'est maintenant la route. Les phares percent à peine la nuit striée d'éclairs et on ne voit plus l'asphalte sous le flot rougeâtre que dégorgent les bas-côtés.

Pour arroser ça, Christophe

Christophe rentrait chez lui. Il était passé en ville pour acheter de quoi fêter avec Michel le décollage et la prolongation de son atelier. Sur le siège passager, il y avait une bouteille de champagne rosé et une boîte de biscuits de Reims, des biscuits roses. Il n'avait pas le choix : Michel en toutes choses et jusqu'à l'écœurement voulait du rose. Leurs draps étaient roses, comme leur chambre, mais aussi le salon, la salle de bains, leur vaisselle et même le paillasson ! Si Christophe s'était laissé faire, il aurait dû lui aussi porter du rose en toutes circonstances, rouler dans une voiture rose, manger des bonbons roses... Il résistait autant qu'il pouvait

Il ne se retrouvait pas dans cette ostentation ridicule.

Après son « coming out » et les réactions haineuses de sa famille et de ses relations, il avait espéré une communauté, une solidarité, des relations, mais il avait dû s'y prendre mal et le résultat ne fut pas à la hauteur de ses attentes ou peut-être que sa solitude avait d'autres causes après tout.

Leur relation coûtait beaucoup d'efforts à Christophe. Depuis le début, Michel l'avait placée sur un rapport qu'il disait exigeant, mais dont l'égocentrisme désolait Christophe qui faisait mine de ne pas le voir. Michel ne l'avait pas du tout aidé, quand il avait lancé ce concept de thérapie d'entreprise par le conte de fées, ou juste un peu au début, pour rire, mais au fond, il n'y croyait pas du tout et ne faisait même pas semblant. Titulaire d'une licence en économie, Michel méprisait Christophe de n'avoir pas fait d'études. Il ne se le disait pas dans ces termes-là, mais ça revenait au même : Michel ne croyait absolument pas en sa capacité à proposer un concept intéressant, à travailler pour le valoriser, à démarcher des entreprises, à convaincre. Il le considérait comme un enfant. Il aurait pourtant aimé qu'une personne au moins ait confiance en lui, le soutienne… Mais avec le temps, il avait accepté comme un fait le manque d'estime, de tendresse, d'amitié, et singeant les vieux couples hétéros, il mimait un bonheur factice pour supporter la déception.

Christophe avait gardé pour lui une grande partie de son projet, il ne lui avait rien dit de ses nouvelles orientations. Il se débrouillait seul avec sa conscience en se disant qu'après tout, les contes avaient toujours plus ou moins servi à justifier des comportements injustifiables. Il aurait aimé ricaner à l'idée que le « gentil Christophe » pouvait, comme n'importe qui, marcher sur la gueule des autres. Mais rire tout seul, à quoi bon ?

Ce soir dans le printemps radieux, les oiseaux chantaient dans les jardins et muni de son champagne et de ses biscuits, il se sentait capable de parler à Michel. Il avait dans le cœur la musique des lendemains qui chantent.

Le chat Prosper l'attendait devant la porte dans l'appartement silencieux. Sur le bloc au milieu de la table de la cuisine était écrit : « Adieu » et « Michel ».

Il mit la bouteille au frigo et les biscuits dans le placard, s'assit et relut les deux mots. Le silence dans sa tête roulait comme le tonnerre. Il ne douta pas, ne pleura pas. Les affaires de Michel n'étaient plus là. Il renonça à sortir pour se changer les idées, alluma la télé, l'éteignit, prit un livre dont il ne put lire une ligne, l'esprit trop confus et les yeux finalement humides. Il trouva sous l'évier une bouteille d'un alcool douteux, qu'ils avaient ramené de Sicile l'été dernier, trop sucré et anisé, de l'Arak peut-être, ou de la Sambucca, ou qu'est-ce que ça pouvait faire… Il en avala une grande rasade, toussa, les yeux pleins de larmes. Il recommença plus doucement et entreprit de vider la bouteille à petites gorgées. Prosper regardait à travers lui comme font les chats et les vieux sages indiens, l'air de n'en penser pas moins. Christophe lui tira la langue.

Il aurait dû s'y attendre. Depuis cinq ans − cinq ans ! − Michel avait été un rêve d'été, trop beau, trop lisse, trop vif, trop souple, trop tout. Jusqu'à la dernière minute, il avait voulu nier l'évidence et profiter de sa belle histoire d'amour. Cinq ans. Cinq ans d'amour… Est-ce que c'était seulement vrai ? Se raconter des histoires, fabriquer des contes, il ne savait faire que ça.

Ivre et nauséeux, il se traînait dans le studio, du lit au fauteuil − le fauteuil où il lui caressait les cheveux − du fauteuil au canapé − le canapé où il s'endormait, la tête sur ses genoux − du canapé à la fenêtre − par où il regardait rêveusement le ciel, et Christophe comprenait alors son désir de s'enfuir − de la fenêtre au lit − le lit où… Non, il fallait que cesse ce manège infernal ! Christophe rebut de la Sambucca ou Dieu sait ce que pouvait être cette horreur.

À l'aube, il s'endormit une fois la bouteille vide, le cœur au bord des lèvres dans une nuée rosâtre et tourbillonnante où se mêlaient les murs vert printemps, le plafond de miroir noir, la commode carmin et le peignoir fuchsia. Il s'endormit dans un sanglot et un haut-le-cœur, tâchant de se réjouir de pouvoir enfin changer la décoration de l'appartement. Il se disait : « Était-ce *La vie en rose* parce que Michel était daltonien ? » puis « Était-il daltonien parce qu'il avait un goût de chiotte ? » et « était-ce parce qu'il avait un goût de chiotte qu'il était daltonien ? » Renonçant à soupeser ces propositions dissymétriques, il s'endormit en tentant de se fabriquer un rêve commençant par « il était une fois ».

Comme l'étrave d'un navire

Comme l'étrave d'un navire, le lourd véhicule rejette des gerbes avec le bruit de frottement sous la caisse qui réjouit son âme d'enfant. Il aime rouler dans les flaques. Il ne sait trop si l'eau qui brouille son regard est sur le pare-brise ou dans ses yeux.

Chloé rentra dans la chaleur

Chloé rentra dans la chaleur étouffante de sa chambre de bonne par le monte-charge de service, au dix-huitième et dernier étage d'un immeuble du centre-ville, se lava au filet d'eau froide de la douche pour Lilliputien, puis sortit par la fenêtre pour s'offrir nue au soleil. L'amour lui faisait la peau saine, l'haleine fraîche, l'œil vif, le cheveu brillant et la taille flexible. Les mains aux hanches et la chair frémissant dans la brise tiède, elle contempla l'horizon où l'on apercevait au nord la cathédrale de Chartres et au sud l'insondable Sologne au-delà de la Loire. Le toit de l'immeuble était un royaume qu'elle ne partageait qu'avec Wazi, son voisin ivoirien qui prodiguait ses soins attentionnés à ses plantations de cannabis et lui faisait l'amour entre ciel et terre. De ses gestes tendres et de sa voix chantante, il l'apprivoisait comme un animal avant d'exhiber, l'œil plein de malices, la belle queue soyeuse sur laquelle elle dansait, l'âme légère et la tête pleine d'images colorées.

Elle avait entendu parler de Ishtar, une très ancienne déesse de l'amour et de la guerre, et aimait le fantasme d'être une de ses prostituées sacrées gardiennes de l'art sensuel. Ce rêve où l'arbre de vie maintenait grandes ouvertes les portes du savoir donnait à ses orgasmes une dimension mystique.

Elle s'installa sur une natte et travailla aux *comportements archaïques des mâles dominants au sein des cercles de pouvoir* en mordillant son crayon. Son directeur de thèse, binoclard et chafouin n'aurait sans doute pas apprécié ses procédés d'investigation, mais son mémoire avançait bien.

Le curieux marché qu'elle avait passé avec Massenard lui donnait l'impression d'avoir vendu son âme au Diable. Pauvre diable en vérité que ce vieillard confit en détestation et trahison, acharné à détruire ce que ses bras trop courts l'empêchaient d'étreindre. En qualité de marionnette, elle jouait le rôle de « femme de main », d'exécutrice de ses basses œuvres. Cette dimension qui complétait sa représentation de Ishtar, déesse de l'amour et de la guerre, lui donnait le sentiment d'un achèvement.

La proposition de Massenard augmentait son plaisir en y ajoutant une part de sadisme dont elle faisait mieux que s'accommoder. Elle découvrait que la gentille petite salope pouvait aussi jouir de la souffrance et du désarroi d'autrui, que le feu de son ventre avait d'autre sens et d'autres forces que génératrices.

Elle travailla longtemps dans la nuit chaude, nue dans la lumière froide de la lune.

Il roule

Il roule tant que dure l'orage. Il a mis la radio à fond et hurle à pleins poumons lorsque l'averse tambourine sur le toit. À plusieurs reprises, la foudre tombe tout près. Il n'a pas peur. Il sait qu'il ne risque rien dans la voiture à cause Faraday ou quelque chose comme ça. Mais ça lui est égal de mourir là, tout de suite.

Christophe arriva juste à l'heure

Christophe arriva juste à l'heure, amer, nauséeux et maussade. Il avait dû se battre avec lui-même pour venir travailler au lieu de rester au lit avec sa gueule de bois et son mal d'amour. Dans la glace de la salle de bains il avait évité son visage bouffi, ses yeux tuméfiés, son nez luisant, il avait passé le rasoir autour de sa bouche défaite. Il avait imaginé se trancher le cou en longeant sa veine jugulaire avant de se traiter de pauvre con : on ne s'égorge pas avec un rasoir jetable à deux lames…

Son regard balaya l'auditoire. La veille encore il aimait ces gens de tout son cœur mais aujourd'hui il avait envie de leur jeter des choses à la tête, de se rouler par terre et de trépigner de rage, il avait envie qu'ils le prennent dans leurs bras, qu'ils le consolent. Il voulait qu'on s'occupe de lui.

Mohamed bavardait avec Anne-Sophie, James avec Hélène et Rachid avec Salomé. Adèle, seule, lui sourit. Les yeux pleins d'eau, il ne la vit même pas.

– Ça ne va pas Monsieur Chénaz ?

Elle avait parlé tout doucement. Il leva vers elle un regard désespéré. Elle glissa tout bas :

– Chagrin d'amour ne dure qu'un moment…

Il sourit du fond de sa gueule de bois, se redressa et se reprit en main.

– Bonjour à tous. Aujourd'hui, je vais vous demander un travail particulier. Vous allez imaginer qu'il y a, dans l'entreprise, quelqu'un qui ne vous aime pas.

Les stagiaires échangèrent des regards entendus.

– Vous allez faire de cette personne le monstre ou l'ennemi qui vous guette et vous veut du mal, et vous allez raconter ce que ce monstre pense ou fait lorsqu'il vous observe. Vous pouvez vous inspirer de la réalité, inventer de toutes pièces ou vous inspirer d'un cas voisin. L'important, c'est que vous vous décriviez vous-mêmes par les yeux de quelqu'un qui vous veut le plus de mal possible. Je vous rappelle que vous ne devez pas donner la clé du mystère. Pas de nom ni d'attaque personnelle. D'ailleurs, vous allez tous utiliser le nom de « Micha » pour votre personnage afin de ne pas exposer votre identité. Dernière chose, vous pouvez continuer l'histoire commencée par un autre ou en démarrer une nouvelle lorsque vous prenez la parole. L'important, c'est qu'on voie bien ce regard détestable. Des questions ? Anne-Sophie ?

– Oui, vous dites qu'on peut s'inspirer d'un cas voisin. Ça veut dire qu'on peut regarder quelqu'un d'autre que soi avec les yeux du monstre ?

– Dans la mesure du possible, je ne préfère pas. Essayez plutôt dans un premier temps de vous regarder vous-mêmes avec ces yeux-là. Je ne voudrais pas que vous vous défouliez sur le dos d'un collègue, ce n'est pas le but, bien entendu.

– Oui bien sûr, soupira Anne-Sophie.

Il y eut un temps de silence puis Rachid prit la parole.

« Micha marchait sur la route. Il allait d'un bon pas et chantait une chanson. Il s'approchait d'une montagne très haute dont le sommet était couvert de neige. Là, il y avait une grotte, et dans la grotte, un affreux dragon, un grand lézard visqueux au ventre mou. Il aperçut Micha sur la route, il entendit sa chanson, et son œil se mit à frémir de colère. Il se dit :

– Qu'est-ce donc que ce sale petit bonhomme qui avance dans ma montagne comme si c'était son jardin ? Ne sait-il pas, l'effronté, que tous ceux qui pénètrent ici doivent trembler de peur ? Ne sait-il pas que si je l'attaque, je n'en ferai qu'une bouchée ? Pauvre innocent qui marche nez au vent et les mains dans les poches, tu ne sais pas vers quels tourments tu t'aventures ! »

– Très bien le félicita Christophe, bravo ! C'est tout à fait cela ! Qui prend la suite ?

– Moi, dit Salomé

« – Mais, je ne rêve pas ! Dit le lézard, mais c'est encore bien pire ! C'est une femme ! Et qui ne me craint pas ! Et… Mais ma parole, elle se croit belle ! Elle a des talons hauts et une jupe, comme au bal ! Elle croit sans doute qu'elle va me séduire, m'entortiller dans ses filets, qu'elle va faire de moi un pantin… C'est ce qu'on va voir ! Pauvre naïve qui marche en tortillant des fesses, on va voir ce qu'on va voir ! »

– À moi, dit Mohammed.

« Pleine de haine, la créature regardait Micha approcher.

– Il a l'air bien trop sûr de lui, je le ferai tomber !

Puis elle le regarda encore et dit :

– Il est bien trop grand, je le rabaisserai.

Elle le regarda une troisième fois et dit :

– Il est bien trop heureux, je lui ferai pleurer toutes les larmes de son corps.

Le serpent qui n'avait pas ses lunettes n'avait pas fini cette phrase que Micha lui écrasa la tête, sans même s'en rendre compte. »

– Je continue, dit James.

« Le corps du serpent se tordit dans d'affreuses convulsions, et se transforma en un gigantesque dragon qui se dressa soudain au milieu de la route. Sa tête était d'un rouge violacé, ses yeux luisaient comme des escarboucles, de la fumée lui sortait par les naseaux, l'air vibrait autour de lui et son poids faisait trembler le sol. Micha, fasciné, se sentait faible comme une petite souris devant un énorme chat. Il n'avait rien pour se défendre alors il tomba à genoux devant le dragon. »

Hélène fit un geste de la main.

« Le Dragon s'excita encore plus de voir Micha à genoux devant lui. Son corps enfla, gonfla, il dressa la tête et cracha vers le ciel un long jet de feu qui rôtit un pigeon qui passait par là. Puis il tituba et tomba épuisé sur le bord du chemin tandis que Micha se relevait. »

Anne-Sophie, prit la parole.

« Micha contempla un moment le dragon. Comme il semblait faible et démuni maintenant qu'il avait craché son feu ! Il était pourtant si glorieux l'instant d'avant, tellement impressionnant et avec une expression si farouche ! Micha eut envie d'attendre son *réveil pour voir encore ce déploiement de force, cette chaleur et ce jet de feu. Elle s'assit sur une grosse pierre et commença à chanter une chanson pour le charmer. »*

Adèle continua en souriant.

« Elle attendit en vain. Dans son profond sommeil il se débattait et se tordait comme sous la torture. Dans son cauchemar il gémissait et pleurait de terreur. Alors Micha sortit de son sac à main un tube de rouge à lèvres et profitant d'une pause dans son agitation écrivit sur la queue du dragon un message qui lui donnait rendez-vous pour le lendemain soir au même endroit. Puis elle s'en fut.

– Merci, dit Christophe, sincèrement merci et bravo ! C'est très bien ce que vous avez fait là.

– Mais on n'a pas du tout joué le jeu, protesta Mohammed, on était censés voir la scène avec les yeux du monstre pour se regarder sous un jour détestable…

– Oui, continua Salomé, le monstre a complètement cessé d'être monstrueux et parce qu'il a…. craché son truc, vous le regardez avec tendresse… C'est incroyable !

– C'est vrai, dit Anne-Sophie, mais il était là, par terre, désarmé et encore tout fumant… J'allais quand même pas m'acharner sur lui !

– Ben, c'était quand même un peu le but du jeu, protesta Hélène. Pas de pitié pour les salauds !

– T'es gonflée Hélène, dit Adèle, c'est tout de même toi qui t'es mise à genoux devant lui…

– Et alors, à la guerre comme à la guerre ! Il faut combattre l'ennemi avec ses armes ! J'ai réussi à l'abattre, c'est tout ce qui compte ! C'est quand même autre chose que de lui filer ton numéro de téléphone non ?

– C'était un rencard, intervint James.

– Pareil, insista Hélène. C'est quand même dingue ! Je réussis à le vaincre et vous, une fois qu'il est par terre, au lieu de l'achever, vous le trouvez « mignon ».

– La vache, Hélène, t'es super-dure dit Mohammed, comment tu t'y prends pour le descendre ? C'est dégueulasse !

– Comment ça, c'est dégueulasse, dit Anne-Sophie, tu l'as vu, là, tout rouge et dressé au milieu du chemin ? Elle a fait ce qu'il fallait et c'est tout. T'as eu raison Hélène, c'est comme ça qu'il faut faire ! Pas de quartiers !

Dans le silence qui suivit, chacun se rendait compte de la stupidité de cette dispute, mais en même temps, on sentait aussi l'importance d'exprimer… D'exprimer quoi, au fond ?

– Qu'est-ce que vous en dites, Christophe ? demanda Adèle.

Oubliant un instant ses peines d'amour, il s'était pris au jeu et regrettait de ne pouvoir à son tour s'acharner sur Micha ou sur le dragon. Il y aurait mis tout son cœur.

– Et bien, je trouve que ça va tout à fait dans le bon sens. Vous jouez le jeu, tant mieux. Plus vous lâchez prise avec la raison et la réalité, plus on est près de la solution.

– Quelle solution ? demanda Hélène méfiante.

– Je ne sais pas, reprit Christophe. Je ne la connais pas et je n'ai pas de formule magique…

– Mais oui, s'écria James, la formule magique ! Je n'y ai même pas pensé ! Il faut absolument qu'on recommence et que j'essaye la formule magique !

– Apparemment tu avais l'esprit ailleurs, suggéra Salomé toute rose d'émotion.

– Houla ! Vous avez vu l'heure, s'écria Anne-Sophie, il faut que j'y aille, j'ai plein de boulot !

En quittant la salle, Hélène Lignard glissa à l'oreille de Salomé :

– En matière de dragon turgescent, moi je suis sûre que Mohammed vaut beaucoup mieux que James…

– Hein ? Quoi ? répondit Salomé.

En quelques secondes

En quelques secondes, le ciel se déchire et le soleil de juillet se remet à briller. Les couleurs éclatent, ravivées par la pluie. Il s'arrête à l'orée d'un bois, coupe le moteur et sort de l'automobile. La rumeur de milliers de feuilles lâchant des millions de gouttes monte de la forêt où les oiseaux s'appellent dans les arbres. Des fossés monte un brouillard au parfum d'herbe et de terre mouillée.

Pour rentrer chez lui, Mohammed

Pour rentrer chez lui, Mohammed prenait le bus. Pendant le parcours jusqu'à sa maison de la banlieue nord, il rentrait en lui-même et priait. Il aimait de plus en plus prier. C'était sa façon de « faire le vide » comme on dit, mais il savait que c'était bien plus que ça. Assis dans son bus, au milieu d'une foule d'autres qui rentraient chez eux fatigués et amers, lui restait bien au chaud dans sa prière et ne sentait pas la fatigue.

Il ne se souciait pas des mots, ni de la posture, ni de la bonne direction, ni même de l'heure précise. Il aurait le temps de tout cela quand il serait dans un lieu propice. Il avait eu tout le temps pendant le pèlerinage. Sa prière dans la multitude des croyants l'avait emporté bien au-dessus du monde, au-dessus de tout, hors de lui… Tout résonnait encore, faisait vibrer son âme, chaque souvenir le bouleversait quand il y repensait, la chaleur, le bruit des dizaines de milliers de fidèles, ce fleuve de croyants qui baignait les chemins, la mosquée, l'odeur de cette foule, l'incroyable proximité, le sentiment de faire partie d'un tout… Maintenant, dans le bus, il était encore riche de ce trésor : une bulle tiède où le doute n'entrait pas.

Les passagers se connaissaient plus ou moins. Comme chaque jour, l'énorme véhicule zigzaguait en bateau ivre dans le flot de la circulation, le chauffeur jouissait d'emmerder ce troupeau de travailleurs en alternant les coups de freins et les accélérations rageuses. Chacun se cramponnait aux barres des sièges pour ne pas tomber ou se cogner la tête. La haine sautait de main en main et hantait les respirations oppressées. Enveloppé dans la douceur de sa prière, Mohammed ne la sentait plus.

Au terminus, il ne restait que lui. Les autres étaient descendus à la gare pour prendre les trains qui les emmèneraient dans les villages alentour, dans leurs maisons à finir de payer, leurs jardins à entretenir, leurs enfants à contrôler, leur mari ou leur femme à supporter, et leur voisinage à qui offrir le visage égal et hautain d'une prétendue réussite.

Mohammed habitait un lotissement ouvrier des années trente, pensé par un architecte moins soucieux d'urbanisme que d'éloigner les nécessiteux des beaux quartiers du centre-ville. Quand il avait acheté la maison, tout le quartier menaçait ruine. Derrière les façades identiques épaulées les unes aux autres, les jardins poussaient en friche et un gigantesque gazomètre bouchait le fond de l'impasse. Le démontage de ce pachyderme de tôles rouillées avait libéré un grand terrain vague entre la voie ferrée et un mauvais petit bois où les galopins s'instruisaient des étreintes d'amoureux furtifs.

Seule la maison de Mohammed avait les fenêtres ouvertes. Le chant des canaris se mêlait aux voix de sa femme et de ses filles. Il ouvrit la porte tandis que le train de 18 h 02 passait lentement derrière les jardins.

Comme chaque jour, la bulle tiède qu'il portait en lui se fondit dans l'ambiance de sa maison. Il en connaissait chaque centimètre, chaque recoin, pour avoir tout retapé, repeint, réaménagé, mais l'odeur de la maison le surprenait chaque fois comme celle des cheveux de la femme qu'on aime. Dès la porte, il sentait le parfum de sa maison-Aïcha. Aïcha qui savait la maison mieux encore que lui, comme elle savait les désirs et les plus secrètes pensées de Mohammed, comme elle savait aussi l'art de dissimuler à quel point elle savait, à quel point Mohammed lui était sans mystère.

Pleine d'énergie et d'entrain, toujours aussi gaie que le jour où elle avait obtenu sa carte d'identité française quand les larmes de joie avaient ruisselé sur son visage. Le goût des larmes que chaque émotion forte faisait abondamment verser à Aïcha, imprégnait tout. L'odeur ensoleillée des épices montait de la cuisine dans la cage d'escalier où elle rejoignait celles du rassoul, du henné et des mille aventures cosmétiques dont s'entourait l'éclatante féminité des filles. Mohammed n'approuvait pas, bien sûr, mais comment s'opposer à trois paires d'yeux aussi noires lorsqu'il tentait de leur rappeler qu'elles devaient tenir leur place et non se maquiller comme des femmes de mauvaise vie. Il essayait sincèrement de se fâcher, d'interdire, de menacer, mais au fond, il les trouvait tellement jolies, il était tellement fier de leurs jolies robes et même de l'admiration qu'elles provoquaient, que ses rappels aux convenances tombaient à plat. S'il se mettait vraiment en colère et tapait sur la table, Aïcha et ses deux filles par respect faisaient semblant d'être impressionnées, mais il ne résistait jamais plus d'une heure à un sourire ou une caresse. Il avait depuis longtemps renoncé à exercer son autorité sur des sujets sans importance. Aïcha conduisait, parlait à qui elle voulait, ni elle, ni ses filles ne portaient le voile. Le choix qu'il avait fait de vivre heureux au lieu de se conformer à des principes qu'il ne comprenait pas le laissait dans la solitude entre d'une part la condescendance de ses collègues de travail qui oubliaient sa compétence pour le plaindre d'être musulman, et d'autre part les remarques acerbes de ses amis algériens et de sa propre mère.

La prière l'aidait mais il n'en parlait pas. Il ne s'intéressait pas au foot, ne regardait pas la télévision, avait peu d'estime pour les voitures et ne buvait pas d'alcool. Il aimait indistinctement la poésie, la prière et Aïcha. Qui aurait pu comprendre que pour lui, faire l'amour avec Aïcha ou prier, c'était pareil ? Et d'ailleurs, pourquoi en parler ? Elle avait déjà bien assez de pouvoir sur lui sans cela.

Mohammed se demandait toutefois si l'atelier des contes de fées ne représentait pas un danger pour lui. Il y participait de bon cœur, mais la réaction des autres l'avait étonné lorsqu'il avait dit des choses, des bouts d'histoires tout à fait simples et ordinaires, mais qui semblaient avoir pour eux une saveur exotique, un goût d'épice inconnue… Peut-être, y avait-il là une menace, peut-être qu'il devrait faire attention avant de raconter n'importe quoi, tourner sept fois sa langue dans sa bouche…

Mohammed traversa le rez-de-chaussée. La porte de derrière était ouverte sur le jardin. Debout en haut des trois marches du perron, il regarda le rectangle de verdure où il entretenait un maigre gazon et quelques rangs de légumes. Le dernier wagon passait derrière la haie, laissant place au silence autour des cris des martinets qui laissaient après eux une nostalgie d'on ne savait quoi. Les bras tendres et les doigts agiles d'Aïcha enlacèrent son torse, il sentit ses seins contre son dos et son souffle dans son cou.

Mohammed était chez lui.

Il ôte sa veste

Il ôte sa veste et sa cravate, retrousse ses manches et reprend sa route en roulant lentement, accoudé à la fenêtre de la portière et humant les parfums de la campagne.

Turpin transpirait. Rien n'allait

Turpin transpirait. Rien n'allait aujourd'hui. Il avait mal digéré le dîner d'affaire d'hier avec ces petits connards de parisiens en costumes *so british* qui lui avaient parlé, comme à un demeuré, d'économie et d'orientations stratégiques. Il n'avait effectivement rien compris. Ces salopards dévorés d'ambition n'avaient pas touché aux plats qu'on leur avait servis ni bu la moindre goutte de vin et regardaient même d'un air dégoûté son embonpoint de bon vivant.

Massenard cloué au lit par une crise de goutte, il avait dû affronter seul cette brochette de croque-morts. Même la blonde qui les accompagnait ressemblait à un seau à glace, le cœur aussi dur que ses seins et ses abdominaux. Impossible de lui tirer un mot, sans parler d'un sourire. Belle comme une déesse et excitante comme une déclaration d'impôts, son œil d'acier bleu terrorisait les deux types à tronche de premiers de la classe qui parlaient sous son contrôle.

Pendant le repas, il avait bu plus que de raison, par amitié, par habitude et aussi pour compenser cette ambiance pénible. Pour se réchauffer, il pensait aux audaces de Poulette, sa Vénus, légère et intrépide, et aux rondeurs d'Adèle, sa Minerve ou sa Diane il ne savait plus trop, mais ample, fessue, voluptueuse. La blonde, elle, était un chien-loup, un dragon, un tueur…

En sortant sur le trottoir devant le restaurant, il lui avait semblé que quelque chose lui avait échappé. Il était un peu ivre comme on doit être entre gens bien élevés dans un gueuleton d'affaires, mais il avait une drôle de sensation, comme si, au lieu d'être seulement le remplaçant de Massenard, il s'était retrouvé au milieu d'une discussion où il était personnellement mis en cause, vaguement menacé. Mais les vapeurs de cognac avaient eu raison de ses soupçons et il était rentré dormir sans arrière-pensées dans sa maison vide.

Au petit matin il avait la bouche pâteuse et pleine d'amertume, et la sensation de cette menace vague ne l'avait pas quitté. Poulette n'était pas là quand il arriva à la boîte. Il en fut d'autant plus contrarié qu'il comptait un peu sur elle pour retrouver l'apaisement de l'âme par celui des sens.

Il s'installa dans son fauteuil et demanda à Laignin d'appeler Massenard pour prendre de ses nouvelles de sa crise de goutte, la veille au soir, il avait un pied dans la tombe. Étonnamment, il n'y était pas. On le joignit à son bureau, alerte et s'exprimant d'une voix de jeune homme. Turpin se sentit du coup vieux, las, solitaire et en manque de Poulette. Un soupçon de jalousie le fit se traiter de vieux con.

– Dis donc, Louis, c'était quoi ces guignols d'hier soir ? J'ai rien compris à leurs giries…

– T'as pas dit de conneries j'espère ?

– Comment ça ? Je ne savais même pas de quoi on parlait… Tu sais bien que normalement je ne venais que pour t'accompagner ! Toute la soirée j'ai dit : « oui, oui », « non, non » j'essayais de ne pas montrer que je ne pigeais rien, merci du cadeau ! Heureusement que c'était à la Cloche d'Or et qu'on y bouffe comme des dieux sinon je me serais fait chier d'une force ! Non… Soyons honnêtes : je me suis fait chier comme un rat mort derrière une malle ! Mais qu'est-ce que j'étais censé comprendre ?

– Ah merde, j'aurais dû t'en parler avant, mais je pensais que tu pigerais…

– Que je pigerais quoi ?

– Et bien…

De l'explication filandreuse de Massenard, il ressortait que les sinistres de la veille représentaient en France les intérêts d'un fonds de pensions américain friand de rendements à deux chiffres et prêt à tout pour booster ou bouffer les boîtes pas assez performantes.

– Et en quoi ça me concerne ?

– Denis, me dis pas que tu ignores qui sont tes actionnaires !

– Bien sûr que non ! Je les connais tous ! Enfin… À part la BMII, mais c'est du solide non ?

– Du solide ? C'est carrément de l'acier ! De celui dont on fait les canons ! La BMII c'est le masque des Amerloques… Ils sont pour combien dans ton capital ?

– Pas grand-chose… Dans les 15 % je crois, pas de quoi en faire…

– Denis… Arrête de croire aux contes de fées. Si la BMII est pour 15 % chez toi, tu peux être certain qu'ils ont passé des accords ou racheté les parts de tes actionnaires les plus faibles. Combien tu as fait ces dernières années ?

– Boh ! Du 6,5 / 7 % par là…

– Trop pour qu'ils te laissent tranquille et pas assez pour eux… Ils vont te racheter, Denis, à tous les coups !

– Mais pour quoi faire ? Les Amerloques s'en foutent de la production de Turpin et fils !

– Ta production, oui, ils s'en contrefoutent ! C'est le rendement qu'ils veulent. Ils vont te racheter pour faire du 12 % ! C'est tout ce qui les intéresse…

– 12 % ! Mais c'est carrément impossible !

– Putain Denis, ouvre les yeux ! En délocalisant la moitié de la production en Roumanie et en virant la moitié ou les deux tiers du personnel français, tu peux même monter à 15 %

– Mais, mais… Les politiques peuvent pas laisser faire ça ! Toi tu es là non ? Le conseil général, la mairie, le préfet…

– Et le père fouettard et le Grand Saint Nicolas…

– Bordel Louis… Tu laisserais faire ?

Massenard attendit un long moment avant de répondre.

– Denis, tu ne diras pas que je ne t'ai pas prévenu…

Turpin se laissa tomber dans le fauteuil, le cœur au bord des lèvres. Des pans entiers de la soirée lui revenaient, les théories ridicules de ces monstres froids à propos de la modification des normes, les nouveaux systèmes de surveillance et d'écoute, les nouvelles stratégies… Il avait écouté d'une oreille distraite en rigolant intérieurement.

Comment croire ces conneries ? De la science-fiction de bazar… Et là, Massenard lui renvoyait en pleine figure que les pires cauchemars étaient déjà devenus réalité.

Il se sentit vieux, cocu, floué. Le film de toute sa vie se superposait aux sensations vagues de la veille et lui semblait soudain dérisoire. Les années de travail acharné pour prendre la direction de la boîte à la suite de son père. Les associés de la première heure, Mortier et les autres, qu'il avait gardés malgré leur vieillissement, leur manque d'enthousiasme et de compétitivité. Sa fierté d'être le directeur humain de cette usine bien insérée dans son petit pays, sa petite ville, son petit département, d'afficher son aisance financière, sa maison, ses bagnoles et les Poulettes. Tout s'effaçait devant l'expression de la blonde inoxydable et dédaigneuse qui ne parlait pas, ne mangeait pas et qui, au lieu de baiser, devait sûrement découper les hommes en lamelles pour se les faire griller au petit-déjeuner. Cette saleté allait le dévorer, et personne ne lui viendrait en aide.

Le sol se dérobait sous lui, et à mesure qu'il tombait, il comprenait ce qui aurait dû lui crever les yeux. La crise de goutte de Massenard n'était qu'un prétexte, Il savait ! Massenard, traquenard, salopard…

Tout était faux, monté de toutes pièces, mais par qui bordel ? Par qui ? Et pourquoi ?

La femme se tenait au carrefour

La femme se tient au carrefour et il se demande d'où elle vient. Il n'y a personne sur cette route de campagne. Il a depuis longtemps dépassé un village minuscule. Quelques nuages disparaissent dans le soleil couchant derrière des collines bleues. Il baisse la musique.

Quand il eut raccroché

Quand il eut raccroché, Massenard masqua son sourire en ramenant ses mains en prière devant sa bouche, les index saisissant délicatement son septum nasal. Un stage de shiatsu lui avait appris que masser cette zone redonnait de l'énergie, or les progrès de sa maladie et la tâche à laquelle il se consacrait, en consommaient énormément. Il pensait aussi que ce geste conférait à celui qui le faisait, un air intelligemment pensif, surtout lorsqu'il avançait en même temps les lèvres dans une moue de concentration intense et qu'il semblait chercher une idée en levant les yeux au ciel. Il resta quelques secondes dans cette posture de docteur de la foi dubitatif avant de tourner son regard vers Christophe et Chloé qui avaient assisté au spectacle de sa conversation téléphonique avec Turpin.

Rien n'avait manqué au catalogue de ses mimiques d'homme de pouvoir. Ni les moues dubitatives, les petits sourires en coin, les coups d'œil complices et entendus, les regards exaspérés par la lenteur et la bêtise de l'interlocuteur. Un festival de la connivence et de l'entre-soi.

Mais Christophe et Chloé s'en fichaient, Massenard s'en rendait bien compte. Ils attendaient patiemment qu'il en vînt au fait et à la raison de cette réunion annoncée comme « très importante ».

Il inspira profondément et baissa sur eux son regard en jouant des maxillaires comme il avait vu faire dans les films d'action.

– C'est l'hallali. Dans un mois tout sera joué. Je compte sur vous pour que rien ne transpire. Je ne veux à aucun prix une réaction du personnel. Le coup doit arriver par surprise. Vous, Chloé, continuez à endormir Turpin. Pensez que vous êtes l'anesthésiste ou la cigarette du condamné ou ce que vous voudrez, mais continuez à le faire penser à autre chose qu'à diriger sa boîte. Vous, Christophe, continuez à enfumer le personnel avec vos conneries de contes. Oh ! J'oubliais que pour vous, c'est pas des conneries… Pardonnez-moi.

Il eut un geste de désinvolture et de mépris tout à fait ridicule. Il se prenait pour Néron devant l'incendie de Rome.

– L'important maintenant, c'est que le personnel de la boîte ne s'occupe pas de surveiller les alentours. On va faire ça comme Ulysse à Troie, dans le cheval et crac ! Vous saisissez ?

Il chercha dans leurs yeux le choc que devait produire l'étendue de sa culture mythologique, mais ils semblaient peu émus, continuant à s'emmerder poliment. Contrarié, il battit des paupières.

– En ce qui concerne nos conditions, je double la prime si l'affaire se fait sans incident… Ça vous va ?

– Oui, répondirent-ils sans émoi.

Dix minutes plus tard, ils buvaient un café dans un bar.

– Tu crois qu'on a raison ? demanda Christophe,

– Non, dit Chloé, mais je ne crois pas non plus qu'on a tort. D'une certaine façon ça ne me concerne pas. Et toi, tu as des scrupules ?

– Parfois oui. Je les aime bien…

– Et alors ? Ils sont adultes, ils s'en remettront

– Ou pas…

– Dans tous les cas, c'est pas ton problème.

– Mais toi, Turpin, tu l'aimes pas un peu ? Il est sympa ce mec.

– Si, je l'aime, et pas qu'un peu, et oui, il est sympa, mais il recueille abondamment les fruits de mon amour et d'une manière palpable. Je ne pourrais pas faire grand-chose pour le rendre plus heureux que ce que je fais en ce moment et en plus j'y prends du plaisir. Qu'est-ce que tu voudrais de plus ?

– Tout de même…

– Écoute, Christophe. Moi, je ne me pose pas de questions. Je fais ce truc jusqu'au bout pour ce type répugnant. C'est une expérience comme une autre. J'y trouve des à-côtés délicieux et ça me plaît de me faire du fric. Tu vas pas laisser tomber en route ?

– Non. Mais moi, je ne sais pas si ça me plaît.

– Christophe…

– Oui ?

– Tu ne fais pas assez l'amour.

− *Je vous emmène ?*

− *Je vous emmène ?*
Elle monte sans un mot. Il retire l'enveloppe pour qu'elle s'asseye. Il
se demande si elle est étrangère, ou folle. Son panier sur les genoux,
elle le regarde avec un sourire lointain. Ses vêtements sont d'un autre
temps, une longue robe paysanne protégée par un tablier bleu, un châle
noir jeté sur les épaules. Ils sentent la terre et de grand air.

Comme d'habitude, Sibylle

Comme d'habitude, Sibylle Laignin avait écouté la conversation de Turpin sur le téléphone de son bureau. Elle laissa tomber le courrier pour fumer une de ses dix cigarettes quotidiennes à la porte de derrière.

Pour se dédouaner de la trouver moche et imbaisable, Turpin s'efforçait de la croire compétente. Elle l'avait été effectivement, et le serait restée sans l'humiliant ballet des Poulettes. Bien que n'éprouvant aucun sentiment pour Turpin, il lui semblait injuste qu'il n'exerçât son droit de cuissage que sur des jeunettes qui ne faisaient même pas partie de la boîte. Il y avait là un problème moral, une affaire d'éthique, une question de préférence d'entreprise et il aurait dû, à son avis, la choisir, elle, comme réceptacle de ses débordements. Ainsi pensait abstraitement Sibylle chez qui la sexualité réelle ne provoquait qu'un ennui affreux. Comme beaucoup, elle comptait les fissures du plafond lors des rares coïts auxquels elle avait consenti. Elle avait essayé, pour remplacer le sexe, le chant choral, le théâtre, les claquettes, le body-building, le hammam et le cinéma d'art et d'essai. N'ayant rien trouvé qui lui plût, elle tenta trop tard de « s'investir » dans son travail. Les efforts que lui aurait coûtés une remise à niveau lui semblant déraisonnables elle se laissa glisser, justifiant sa paresse et son incurie par le désintérêt de Turpin pour sa personne. Elle éprouvait à son encontre un ressentiment qui la confortait dans son rôle de victime appartenant à la classe ouvrière et justifiait ses indiscrétions dans le cadre de son travail. Elle se livrait à un espionnage systématique du courrier et des appels privés de Turpin, qui lui apprit qu'il aimait baiser, boire et manger et qu'il avait peu d'états d'âme, autant dire qu'elle n'apprit rien du tout, mais la saveur de ce rien de contrebande suffisait à tromper son ennui.

L'arrivée de Chloé dans le rôle de Poulette culbuta les valeurs et les usages turpinesques sous l'œil impuissant de Sybille. Au lieu de se plaindre comme les autres avant elle, en cédant au patron, Chloé s'y offrait avec enthousiasme et gourmandise, puis se pourléchait sans vergogne après avoir satisfait aux bas appétits de Turpin. Pour Sibylle, cette prise de pouvoir par la pseudo-stagiaire asservie et consentante relevait de la magie.

Entourant son voyeurisme de subterfuges inutiles, elle observa leurs ébats pour en percer le mystère. La tâche était d'autant facile que ni l'un ni l'autre ne s'embarrassait de discrétion. Elle vit Chloé accomplir les gestes du plaisir en une célébration mystique qui transcendait la laideur, l'embonpoint et jusqu'à la stupidité du sexe dressé de Turpin. Ses caresses, ses compliments et ses regards, les attentions de sa main, de sa voix, de sa langue, de sa bouche, tous ces sortilèges provoquèrent chez Sibylle une émotion profonde et un pincement de jalousie. Elle aurait aimé être à leur place, mais n'aurait su dire si c'était à celle de Chloé, à celle de Turpin ou bien avec eux deux.

Vive et alerte dans le frais matin, Chloé arriva. Il était dans l'ordre des choses que Sibylle lui fît la gueule, par privilège d'ancienneté d'abord, et pour lui rappeler sa condition de pute ensuite, mais le plaisir de la voir la prit de court et elle ne put s'empêcher de lui sourire, à quoi Chloé répondit en lui tapant la bise et une clope de son paquet. Elles fumèrent en silence, puis Chloé demanda « ça va là-haut ? ». Le froncement de nez et l'oscillation de la main de Sibylle répondirent « comme-ci, comme ça ».

– Il a reçu un coup de téléphone, pas des bonnes nouvelles et… Comme tu n'étais pas là…

– C'est toi qui t'y es collée ?

Sibylle fut prise d'un fou rire devant la sincérité de la question.

– T'es folle ! De toute façon, depuis que t'es là, il ne veut personne d'autre…

– Ça t'embête ?

Sibylle rit à nouveau, nerveusement,

– Moi ? Mais pas du tout ! Vous faites bien ce que vous voulez !

Elles lançaient dans l'air froid de grands panaches de fumée blanche qu'elles tiraient de leurs cigarettes.

– Ça t'a plu de nous regarder l'autre jour, dit Chloé sur un ton d'évidence.

– Oui, souffla Sibylle dans une volute mentholée.

– Je l'ai senti, dit Chloé. Tu aimerais que je te le fasse…

Là non plus ce n'était pas une question. Sibylle avala profondément la bouffée fade de sa caricature de cigarette.

Elle ni âge ni formes

Elle n'a ni âge ni formes. Mince, grande, les yeux clairs, elle semble attendre quelque chose.
– Vous allez par là ?
Elle ne répond toujours pas, elle le regarde sans impatience. Une folle, se dit-il.
Il remet la musique et redémarre.

Il était une fois un assassin

« Il était une fois un assassin.

Il marchait sur les routes et quand il pouvait, il tuait quelqu'un. Il ne savait pas pourquoi il faisait cela. Lorsqu'il essayait d'y penser il abandonnait rapidement ses réflexions car il redoutait qu'il n'y ait pas de raison. Peut-être qu'il était un assassin parce qu'il était un assassin, voilà tout. »

– Merci Christine, merci beaucoup. Qu'en dites-vous ? demanda Christophe au groupe.

« Départs de conte » était de thème de réflexion du jour. Lors de l'atelier précédent, Christophe avait proposé cette formule en insistant sur sa ressemblance avec des départs de feu qui parfois s'éteignent d'eux-mêmes et parfois embrassent toute une forêt avant qu'on ait eu le temps de faire « ouf ». Chacun devait concocter le démarrage d'un conte, sur un thème tout à fait libre. L'idée générale de l'atelier, la relation au sein de l'entreprise, reviendrait d'elle-même dans les narrations.

– Qui d'autre ?

Marie-Jeanne Pontcallec leva la main et lut posément les mots qu'elle avait écrits dans un cahier qui semblait contenir quantité de mystères personnels.

« Il était une fois un pauvre chien qui regardait le monde avec un regard triste.

Le monde regardait alors le pauvre chien avec compassion et lui donnait quelque chose, un nonosse, ou un coup de pied, mais jamais de caresse parce qu'il avait des puces et qu'il sentait mauvais.

L'odeur ne le gênait pas. Quand on sent mauvais, c'est surtout les autres que ça gêne. Lui se couchait en rond, le nez dans sa propre puanteur et faisait des rêves où il chassait des petits lapins qui couraient dans la garrigue au milieu du thym, du serpolet et de la farigoulette.

Dans son rêve, il était un beau chien costaud qui courait plus vite que les lapins et que tout le monde admirait. Dans la réalité, il sentait mauvais et il avait des puces.

Les piqûres des puces le gênaient beaucoup et le démangeaient terriblement. Il essayait bien de les attraper, mais trop petites et trop rapides, elles passaient entre ses dents et s'en allaient en rigolant et en se moquant de lui. »

Il flottait une curieuse ambiance autour de la table. On se regardait en biais. Ces deux départs de conte sonnaient comme des révélations. Peu de temps auparavant, personne n'aurait pensé Christine Ladurel ou Marie-Jeanne Pontcallec capables de telles performances. Mais l'atelier des contes avait bouleversé tout l'univers de Turpin et Fils. Quelque chose échappait désormais à la médiocrité des relations de travail et chacun entendait dans ces deux bouts d'histoire des éléments indiscutablement personnels, et même poétiques.

« Moi aussi j'ai écrit quelque chose, dit Gérard Benjoin, mais ça n'est pas précisément un début.

– Voulez-vous nous le lire quand même ? demanda Christophe.

Gérard éluda la réponse.

« Il était une fois un ogre
Qui mangeait n'importe quoi.
Des enfants, ça va de soi,
Mais aussi du sucre d'orge
Des œufs, des clous et des chats
Des chiens, ses ongles et du bois,
De l'herbe et des crottes de nez,
Des agrafes et du papier,
Des arbres avec de la boue,
Enfin, il mangeait de tout.
Comme il avait toujours faim
On disait : « il va très bien »
Comme il ne grossissait pas
On ne s'en inquiétait pas

Quand il fut devenu grand
On lui dit que maintenant
Il avait l'âge d'aimer
Et puis de se marier
On lui présenta des femmes
Il en mangea cinq ou six
Ça fit bien sûr tout un drame
On appela la police
Il partit à l'aventure
Découvrit d'autres pays
D'autres gens d'autres cultures
Mais il les mangea aussi.
En montagne il avala
Une moitié du Mont-Blanc
Fit des trous dans le Jura
Et but tout le lac Léman.
Il mangea en Italie,
Presque tous les spaghettis,
Et Naples et la Tour de Pise
Puis fit caca sur Venise.
À Paris avec du sel
Il croqua la Tour Eiffel
À Londres il goba Big Ben
Puis Buckingham et la Reine
En traversant l'océan
Pour changer de continent
Il avala Moby Dick
Et l'épave du Titanic. »

Subjuguée, Christine sentait remuer ses entrailles. Elle aimait dire ça : ses « entrailles », à cause de *Jésus le fruit de vos entrailles*. Le son de ce bout de phrase lui avait toujours plu même si elle ne comprenait pas ce que ça voulait dire quand elle était petite. Elle disait d'ailleurs : « le fruit de vos entrailles ébénistes », parce que son grand-père menuisier avait un gros ventre. Elle se demandait s'il y avait dedans un fruit, et à quoi il pouvait ressembler. Les vers de Gérard Benjoin avaient le pouvoir de faire bouger ce fruit cette pomme de bois lisse et dure et elle jouissait profondément de se sentir ainsi émue par les poèmes de cet homme laid. Elle décida de s'offrir à lui dès que possible.

– Pensez-vous que nous pourrions fabriquer quelque chose à partir de ces trois éléments, demanda Christophe, un assassin, un chien malodorant et un ogre… ?

– Moi j'avais un autre départ, dit doucement Sibylle Laignin.

– Oh pardon, je ne voulais pas couper court ! Je pensais qu'il n'y avait pas d'autre proposition. Lisez-la bien sûr !

– Alors évidemment, moi, c'est pas écrit en vers, hein… C'est pas facile de passer après toi, Gérard, moi, c'est tout bête…

> *« Il était une fois un roi qui avait trois filles. Il aurait bien aimé avoir un fils pour jouer au football avec lui alors il était un peu déçu. Il apprit à ses filles à jouer au football. Comme elles l'aimaient bien elles faisaient semblant d'aimer ça et jouaient souvent avec lui. Elles jouaient d'ailleurs mieux que lui car elles étaient sportives alors que lui ne faisait plus d'effort depuis longtemps. Leurs parties étaient assez disputées. Elles regardaient aussi avec lui les matchs à la télé. Ça les ennuyait parce qu'il buvait de la bière et s'emportait, criait après les joueurs et faisait des choses ridicules. Un jour, déçu par le comportement de l'équipe qu'il soutenait, il traita les joueurs de « gonzesses ».*

– Je vous l'avais dit, hein… C'est un peu con…

– Sibylle, ce conte ne vous appartient plus, il doit vivre sa vie et c'est aux autres de se l'approprier ou non. Si quelqu'un doit en dire du mal ou du bien, ce n'est pas vous. D'accord ?

Sibylle acquiesça mollement de l'air de celle qui sait bien ce qu'elle dit : quand c'est de la merde, c'est de la merde…

– Eh bien moi, ça m'arrange qu'il y ait des trucs modernes dans ton conte, dit Lionel, parce que j'en ai mis aussi dans le mien. Je peux ?

> *« Il était une fois un jeune homme très naïf qui croyait tout ce qu'on lui disait. On lui raconta qu'un monstre terrorisait la*

région. Il partit à sa recherche. Sur le chemin il rencontra le taureau de la ferme d'à côté. Pensant que c'était le monstre, il le tua. Le fermier, très mécontent alla se plaindre et le jeune homme fut convoqué à la mairie. On lui demanda pourquoi il avait fait ça. Il expliqua qu'on lui avait dit qu'une bête terrorisait la région. À ce moment, tout le monde se mit à rire parce que ce n'était pas vrai du tout. Depuis ce jour il ne crut plus personne, ou alors il allait vérifier sur Internet pour savoir si c'était vrai ou pas.

– Tu vois, c'est pas fameux…
Sybille lui fit un sourire un peu contraint.

Le groupe médita cette nourriture imaginative dans un silence qui se fit petit à petit hostile en s'orientant vers Mortier. Muet dans son coin, il ne boudait pas mais ne prêtait pas non plus attention à ce qui se passait autour de lui. Christine Ladurel eut l'impression qu'il s'écoutait de l'intérieur de lui-même. En fait, Mortier savourait sa propre humilité. Il avait écrit un très beau départ de conte mais il le gardait pour lui-même. Il n'en ferait la révélation que lorsqu'il l'aurait suffisamment peaufiné, retravaillé, ciselé. Ce conte allait compter dans l'histoire, au point de clore définitivement la question. Un conte pour solde de tout compte.
Pour le moment, il s'était laissé emporter par la narration au point que ce qu'il avait écrit ne pouvait en aucune façon être considéré comme un début et il y manquait certainement quelques réglages, mais il en était déjà très fier.

    « Il était une fois un petit chat qui s'en allait tout seul dans la campagne. En suivant un papillon, il tomba dans la rivière qui l'emporta. Quand il rejoignit la berge il était tout à fait perdu, il avait froid et il avait faim.

    En sortant de l'eau, il fit sa toilette et s'endormit en rond dans l'herbe. Quand il se réveilla, le soleil chauffait la campagne et il avait faim. Il vit une vache dans un pré, et s'approcha d'elle parce qu'elle sentait bon le lait. Mais elle ne voulait pas lui en donner et même, elle le chassa en lui flanquant des coups de pied.

Il entra dans la cour d'une ferme où un chien se précipita sur lui en aboyant de toutes ses forces pendant que la fermière sortait avec un balai pour le chasser.

Il retourna dans les champs et essaya d'attraper des souris, mais elles couraient trop vite. La seule qu'il réussit à prendre était déjà morte depuis longtemps. Il en mangea quand même car il avait très très faim. Puis il s'endormit.

La nuit, il prit un lézard. C'était très mauvais mais comme il avait faim, il le mangea quand même.

Le lendemain matin, il réfléchit et essaya de séduire la fermière en lui apportant des choses. Ça n'était pas facile parce que le chien se précipitait sur lui dès qu'il le voyait. Pour passer il fallait attendre qu'on lui apporte sa gamelle. Là, le petit chat put traverser la cour. Il apportait à la fermière une grenouille qui bougeait encore un peu. Il la posa délicatement sur le paillasson en lui étalant bien les boyaux. La fermière ne trouva pas ça bien, mais elle se laissa quand même attendrir en voyant la bonne volonté du petit chat. Elle lui donna même une écuelle de lait. Il but et vint se caresser à ses jambes en ronronnant. De peur qu'il ait des puces, la fermière le renvoya d'un coup de pied et le jeta par la fenêtre. Comme c'était du côté de la grange, il y monta, se fit un petit lit dans le foin. Et s'y endormit. Les souris le réveillèrent. Il y en avait des dizaines et elles n'avaient jamais vu de chat. Comme il trouvait très fatigant de leur courir après, il prit le parti de devenir leur ami. Il fit le gentil, joua avec elles, les promenait sur son dos et de temps en temps, quand les autres ne le regardaient pas, cric, il en chopait une et la mangeait vite fait.

Les souris qui étaient complètement idiotes ne se doutaient de rien et continuaient à trouver le petit chat sympa. Il resta pendant des mois dans la grange et devint un bon gros chat. Il avait fait le tour de toutes les possibilités qu'offrait la ferme et savait très bien s'y prendre pour chaparder un peu de lait, un peu de viande, et se nourrissait fort bien de toutes ces imbéciles de souris qui croyaient dur comme fer qu'il était leur plus grand pote.

Il observait la fermière de loin, sans se montrer, de peur de reprendre un coup de pied. Un jour il lui offrit une souris qu'il venait d'éventrer d'un coup de griffe, mais elle poussa une exclamation dégoûtée et la jeta à la poubelle. Le chat était très très malheureux. Alors il s'en fut par les chemins et retrouva la maison où il avait habité autrefois. Il y entra puisque c'était chez lui, mais lorsque les gens de la maison le virent, ils ne le reconnurent pas. Pour leur montrer que c'était sa maison, il sauta sur les meubles et les menaça en crachant et en griffant ceux qui s'approchèrent. Il reçut un bon coup de balai et s'en retourna par les chemins. Il vit la rivière où il était tombé lorsqu'il était petit et compris que c'était tout de sa faute. Il jeta des cailloux dedans pour la punir puis s'en fut de nouveau par les chemins.

Depuis, il voyage sans arrêt. Quand il voit une souris, il l'attrape, il joue avec elle puis il la dévore s'il a faim. »

Mortier ne voyait pas très bien ce qu'il voulait dire avec cette histoire. Il pressentait qu'il y avait là-dedans quelque chose d'important, un message caché. Il sentait bien que le petit chat, c'était lui. Il était surpris de découvrir à quel point c'était vrai, à quel point il était félin et plein de petits gestes gracieux. Il s'étonnait de ne pas en avoir eu conscience plus tôt. Il s'émerveillait de ce qu'un conte put dire le monde entier.

La lumière des phares

La lumière des phares éclaire des champs à perte de vue. Au loin rougeoient les derniers feux du soleil couchant. Il n'y a pas âme qui vive. Mais il suffit d'une femme auprès de lui pour que sa tranquillité soit perdue.

– Vous, vacances ? demande-t-il en faisant des gestes inutiles.

Dans l'obscurité, il trouve menaçant le regard oblique qu'elle lui jette.

– Moi, vacances, affirme-t-il en réponse à la question qu'elle n'a pas posée. Il ajoute, moi, vacances, mer ! Il vient à l'instant d'avoir envie de mer, d'espace, d'iode, de mouettes, de baigneuses aux seins nus…

– Moi, nager ! Et pour la faire rire, il fait le geste de nager la brasse en faisant pschhh avec sa bouche.

Dans le bus, Salomé

Dans le bus, Salomé décida qu'elle ne rentrerait pas.

À travers les vitres, elle regardait sans le voir, le paysage fantomatique des rues et des passants pressés par une averse grisâtre de ce mauvais printemps.

Pour la première fois, Salomé disait non. Elle découvrait avec lucidité que Tony ne l'aimait pas. La déchirure faisait aussi mal qu'elle soulageait, mais elle ne débouchait sur rien.

Elle pouvait dire non, et alors ?

Ça n'ouvrait aucun avenir, aucune perspective. Elle n'attendait aucune consolation de sa mère qui n'écoutait pas, ni de ses collègues de boulot qui ne parlaient que de foot. Elle ne voulait plus jamais parler de foot.

Un rayon de soleil la fit descendre au centre-ville. Dans le square désert, les dernières feuilles mortes, visqueuses et collées par l'averse, achevaient de pourrir, noires comme des caries parmi les jeunes pousses. Les rails d'un petit train couraient dans la pelouse. Elle l'avait déjà vu de loin transportant des enfants habillés comme des gravures de mode sous le regard de mamans chics. Elle s'était demandé si ces gens étaient vrais…

De chez Tony, par la fenêtre du salon, on voyait l'hypermarché, un peu de ciel entre les immeubles autour de la grande dalle de béton…

Le samedi, ils allaient au foot avec la sono à fond dans la bagnole. Les basses lui tapaient dans le ventre, depuis les autres voitures, on leur jetait des regards courroucés. Comme dans une boîte de nuit, elle riait sans s'entendre, elle ne s'entendait même pas penser… Tony frimait et elle riait. Il craquait à poignées son salaire de garagiste. Elle l'admirait, d'accord pour tout. Ils allaient à tous les matchs et Tony payait, les tribunes, l'écharpe du club, les bonnets, les t-shirts, tout le bazar. Les soirs de foot à la télé, potes à Tony venaient à la maison gueuler et écraser leurs canettes qu'ils jetaient par terre ou dans le canapé. Après, elle vidait les cendriers et nettoyait les chiottes où ils pissaient tous à côté… Leurs copains avaient tous les mêmes loisirs, la bière, la bagnole, le foot.

Elle est tombée vite enceinte parce que les capotes, la contraception, Tony ne voulait pas en entendre parler. Mais il ne voyait pas comment mettre un gosse dans sa bagnole et puis les copains, le foot et tout, il voyait que ça serait fini. Il s'est mis à boire. Au mariage il avait tellement picolé qu'il a vomi dans la chambre. Elle n'avait pas bu à cause du bébé et elle a pleuré une partie de la nuit. Tony buvait sans cesse pour chasser la gueule de bois de la veille, et puis un jour il l'a battue, pour rien, en la traitant de salope et en disant qu'elle l'avait piégé. D'un coup de pied dans le ventre, il a tué le bébé. Elle l'a su tout de suite, et aussi qu'il l'avait fait exprès, que même ivre, il savait exactement ce qu'il faisait.

Elle a attendu avec l'enfant mort en elle pour ne pas avoir à répondre aux questions de l'hôpital, à cause des coups. Elle ne voulait pas qu'il aille en prison, qu'il perde son travail, ses potes, sa bagnole… Elle a attendu deux semaines pour consulter. Elle a joué les idiotes, celle qui ne s'était rendu compte de rien et quand un médecin a commencé à poser des questions trop précises, elle a pleuré pour qu'on lui fiche la paix. Une mère qui vient de perdre son bébé et qui pleure, on lui fiche la paix, c'est normal.

À son retour à la maison, Tony était ivre. Il avait eu peur qu'elle le dénonce et il lui a demandé pardon en pleurant. Elle a pleuré avec lui et elle lui a pardonné. Mais il lui en voulait d'avoir eu peur et il a recommencé, mais il n'avait plus besoin de boire. Il l'insultait, l'humiliait, d'abord tout seul, puis devant ses potes qui rigolaient. Il n'avait de désir pour elle qu'en l'humiliant, en l'insultant. Après il était attentif et doux, il lui faisait l'amour en pleurant, il demandait pardon, puis il recommençait. Il la réveillait au milieu de la nuit, l'obligeait à « s'occuper de lui », et comme il avait de plus en plus de mal à bander, il disait qu'elle le rendait impuissant et la frappait encore.

Elle ne résistait plus aux coups. Elle pensait que tout était de sa faute, parce qu'elle avait été enceinte et qu'elle avait perdu le bébé.

Quand elle était trop amochée, elle le menaçait d'aller au travail comme ça, avec sa gueule toute tuméfiée. Il faudrait bien alors qu'il arrête parce que tout le monde saurait. Mais il n'avait plus peur. Il se contentait de ne pas cogner son visage ni les parties visibles de son corps. Il devenait méthodique, froid et calculateur, et à chaque fois, il bandait. Il ne bandait qu'en la faisant souffrir.

Elle regrettait que le bébé ne soit pas enterré quelque part, qu'il n'y ait pas un endroit pour se souvenir de lui.

En sortant du square, Salomé descendit vers le fleuve sans prêter attention aux voitures qui attendaient au feu rouge. Elle ne sut pas pourquoi elle avait relevé la tête, peut-être qu'elle avait reconnu le bruit du moteur. Il était là, dans sa voiture de con, et il la fixait avec des yeux exorbités. Serrée contre lui, il y avait une blonde qui riait. Elle avait passé sa main sous sa chemise et lui caressait le ventre.

Salomé ne dit rien, ne s'arrêta même pas. Elle continua son chemin d'un pas automatique.

Comme un paquebot inondé de lumière

Comme un paquebot inondé de lumière, une station-service multicolore s'avance dans la nuit désertique.
– Café ?
Il descend pour pisser et boire un café au distributeur. Lorsqu'il revient, la femme a disparu. Il ne reste que son odeur de paysanne propre. L'enveloppe pleine de fric est toujours dans la portière. Il demande au type de la boutique s'il a vu la femme qui était avec lui. Assis au volant, il attend pour le cas où elle serait aux toilettes.

Adèle était nue chez elle

Adèle était nue chez elle quand le téléphone sonna. Ce n'était pas son portable mais un vieux téléphone fixe en Bakélite avec un écouteur à l'ancienne reposant sur l'appareil dont on avait remplacé le cadran à onglet par des touches.

Son cœur fit un bond. Personne n'appelait plus depuis longtemps sur cette ligne. Il lui semblait incroyable que Denis ait conservé ce numéro d'un autre temps. Toute rose de plaisir elle décrocha.

– Allô ?

À l'autre bout de la ligne, Mortier fut assommé par la douceur de sa voix, celle qu'elle avait à vingt ans et qu'il l'appelait sur le téléphone dans l'entrée chez ses parents.

– Allô, Adèle ?

– Gérard ?

La douceur avait cédé la place à la surprise et d'Adèle se sentit vieille.

– Gérard ? C'est toi ?

– Oui, c'est moi… Je te dérange ?

– Qu'est-ce que tu veux ?

– Je… Je voudrais te parler.

– De quoi ?

– J'ai besoin de te parler.

– J'ai compris Gérard, mais de quoi veux-tu parler ?

– De moi…

Adèle s'assit dans le fauteuil confortable qu'elle avait placé près de l'appareil et face au miroir de la porte coulissante du placard, en imaginant qu'elle passerait des heures à s'y regarder en papotant avec des copines. En fait, ses copines l'appelaient depuis longtemps sur son portable ou lui envoyaient des SMS et le fauteuil ne lui servait que quand Gérard téléphonait, c'est-à-dire jamais jusqu'à ce jour.

Gérard voulait parler de lui. En d'autres temps, elle avait espéré ce moment. Autrefois, elle aurait donné n'importe quoi pour qu'il brise le silence qui l'enfermait. Elle avait essayé, par amour peut-être, puis par altruisme, par conviction, par jalousie, par colère, par dépit, par volonté pure, par acharnement, de percer les murailles qui entouraient le mystère de Gérard. Mais maintenant c'était trop tard.

– C'est trop tard, Gérard, dit-elle en se regardant fixement dans la glace,

– Trop tard pour quoi ?

– Pour tout.

– Tu ne veux pas m'aider ?

– Non. Je m'en fous. Tu veux qu'on parle de toi, mais ça ne me fait plus rien. Parle à qui tu veux, ça m'est égal. Je ne t'aime plus. Je n'ai presque plus de souvenirs de notre vie commune. Les seuls qui restent sont mauvais. Je ne veux pas parler avec toi. Trouve quelqu'un pour ça, mais pas moi.

– Je comprends…

– Non, tu ne comprends certainement pas. Mais ça n'a pas d'importance. Au revoir, Gérard. Ne m'appelle plus à ce numéro, ne me rappelle plus du tout. Adieu.

Elle raccrocha sans lâcher son regard dans la glace. Pas un seul trait de son visage n'avait bougé malgré la fureur, les insultes qui lui montaient aux lèvres chaque fois qu'elle entendait prononcer son nom. Elle surmontait le dégoût et la honte d'avoir aimé cet imbécile. Elle se sourit et se fit un clin d'œil puis se leva pour regarder ce corps dont elle avait pris possession depuis la séparation. De toutes les marques dont elle l'avait orné, c'était pour le tatouage du dauphin sur son épaule qu'elle conservait le plus d'amitié. Un dauphin, c'est joyeux et intelligent et elle se sentait comme ça : joyeuse, intelligente, et puissante, et vive, et elle refusait de penser que sa vie était derrière elle, et elle voulait encore faire des cabrioles dans le soleil et des éclaboussures. Le dauphin, comme toutes ses autres marques, proclamait que son corps était à elle, qu'elle pouvait le prêter, ou même le donner, mais qu'on ne pouvait plus le lui prendre.

L'idée de Turpin en dauphin sautant par-dessus les vagues la fit rire. Qu'importe s'ils faisaient maintenant plutôt penser à deux marsouins, elle avait envie qu'il la rappelle. Elle savait qu'il allait le faire, qu'il était ensorcelé et qu'elle lui montrerait encore son corps et les bijoux qu'elle y avait incrustés, qu'il lirait ce qui était écrit à l'intérieur de ses cuisses, à la pointe de ses seins, au creux de ses reins et dans son vaste dos. Frémissant, il franchirait encore toutes ces barrières pour la rejoindre et elle le recevrait somptueusement dans le jardin clos de ses plaisirs, sans se poser la question de savoir s'il en valait la peine ou si elle en était amoureuse. Attentive à la progression de son désir, elle regardait dans la glace son corps s'éveiller à l'idée de ses mains sur elle.

Lorsque le téléphone sonna à nouveau son cœur bondit encore plus fort.

– Allô ?

À l'autre bout du fil, Turpin fut assommé par la douceur de sa voix.

La nuque raide

La nuque raide et les reins douloureux, il lui faut quelques minutes pour comprendre qu'il s'est endormi la tête contre la vitre. Il a rêvé de la femme mais elle n'est pas revenue.

On a fermé la station et éteint jusqu'aux lumières des pompes. Il n'y a aucune autre voiture que la sienne sur le parking. Comme un crépuscule, la lueur d'une ville pèse sur l'horizon. Pendant un moment il cherche à en percevoir la rumeur.

Massenard redoutait

Massenard redoutait qu'on découvre son entente avec Chénaz et Leblanc. Il n'en éprouvait aucun scrupule, mais il craignait les complications. Il était entré en politique pour protéger ses propres intérêts en ménageant ceux de sa caste, pas pour avoir des emmerdements.

Il devait ses diplômes à la seule fortune de son père et sa carrière politique servait exclusivement sa famille et celle de sa femme. Grâce à lui, cette dynastie d'industriels peu scrupuleux pouvait œuvrer à l'augmentation perpétuelle de son capital au mépris des lois et de la morale.

Centriste, ventru, dégarni, fumeur de cigare et amateur de fine, Massenard était une crapule. Hormis la satisfaction de remplir son ventre ou sa bourse, aucun sentiment ne pénétrait en lui. Il n'avait pas d'amis mais des clients dont il savait les vices, les failles et les secrets odieux. De toute sa vie, il n'avait jamais aidé quiconque ni tenté aucune démarche nécessitant le moindre courage ou la moindre compétence. Il n'éprouvait du reste aucune fidélité à quelque idéologie que ce soit et se proclamait volontiers l'allié de tout le monde, occupant de ce fait une place centrale sur l'échiquier politique du département.

Il s'enorgueillissait de posséder un inépuisable répertoire d'histoires drôles où il puisait lors de ses entretiens en tête-à-tête pour détendre l'ambiance, avec une prédilection pour les plus ignobles. Les femmes le haïssaient et il jouissait de cette détestation qu'elles devaient ravaler pour le solliciter, du dégoût qu'elles devaient surmonter pour le séduire en minaudant. Trop lâche pour passer à l'acte il n'osait aucun geste déplacé, d'ailleurs l'âge et la lâcheté avaient eu depuis longtemps raison de sa libido mollassonne et il n'aurait pas pu leur faire grand mal. Mais ses regards vicieux les salissaient autant que s'il les avait culbutées sur le bureau, et il se trouvait furieusement esthète de contempler les éclairs de colère qu'il lisait dans leurs yeux.

Manquant de ténacité, d'endurance et de volonté, il avait également renoncé au sadisme à cause de l'organisation stratégique compliquée qu'il nécessitait, sans parer du risque de se faire prendre.

À ces délices épicées, il préférait le plaisir subtil de vendre ses amis au plus offrant, se payant même parfois le luxe de les céder pour rien en éprouvant un pincement de honte au plus profond de lui-même à l'instant où il abandonnait ceux qui l'aimaient dans les mâchoires d'un piège qu'il avait tendu de ses mains en faisant mine de le sauver. Sa vie s'organisait autour de l'extase du remords comme celle de l'entomologiste pervers gravite autour de l'instant où son aiguille perce l'abdomen du papillon.

Turpin était un merveilleux spécimen que Massenard adorait. Leur amitié était profonde. Tout en l'écoutant se répandre en états d'âme sur les difficultés de son entreprise et le poids de ses responsabilités, puis se ridiculiser en considérations humanistes sur la justesse de sa démarche, Massenard braquait sur lui sa haine de l'univers. Chaque mot de Turpin était une balle de plus dans son fusil. Opinant, grommelant des approbations, Massenard lui donnait le sentiment d'une profonde et bienveillante considération. Il s'aidait pour cela de ces trucs de programmation neurolinguistique que les charlatans enseignent dans les stages de communication et qui ne marchent que sur les gogos. Ce kit minimaliste du petit manipulateur suffisait pour charmer Turpin qui le considérait comme son meilleur ami. Massenard se délectait d'autant plus de la chute de ce brave homme naïf et sensible qu'il l'aimait sincèrement.

Un train passe, très loin

Un train passe, très loin, à la limite de l'audible, et replonge dans le silence. Les oiseaux s'appellent dans la nuit. Il fait quelques pas. Un son aigu s'approche jusqu'à devenir identifiable. C'est le hurlement d'un moteur lancé à fond sur un parcours totalement rectiligne. En passant devant lui, l'éblouissante lueur des phares bascule dans l'obscurité en même temps que le déchaînement sonore chute dans les graves. Il suit longtemps le son qui s'éloigne sans aucun changement de régime, comme si la route était droite à l'infini.

Dis merci à la dame

– Dis merci à la dame !
– Mais non ! Laissez donc, ça me fait plaisir…
– Léo ! Dis merci à la dame, je te dis !
– Merci Madame

Léo a retrouvé sa mère et Marie-Jeanne sa lecture. Sur le banc à côté d'elle, il y avait dans son grand sac à main, un sac de bonbons pour les enfants et des croquettes pour chiens. La mère a parlé à Léo à mi-voix, en faisant des gestes avec son doigt. Marie-Jeanne savait ce qu'elle disait à son fils à propos des bonbons, des gens qu'on ne connaît pas et de cette dame là-bas dont il ne fallait plus s'approcher.

Elle avait beau s'habiller d'une manière rassurante, parler d'une façon très décontractée, sourire, être gentille, les mamans se méfiaient toujours d'elle. C'était comme ça. Elle avait l'habitude et ne s'en souciait pas. Elle préférait même. Ça coupait court aux discussions de bac à sable et elle n'avait pas à répondre à l'inévitable question : « Vous avez des enfants ? »

Quelque chose dans la personne de Marie-Jeanne dérangeait instinctivement les mamans. Peut-être une façon particulière de regarder les enfants, avec une tendresse et une affection que les mères réservent à leur propre progéniture. Marie-Jeanne regardait tous les enfants comme une mère regarde les siens, avec tant d'affection que les pires soupçons pesaient sur elle.

Elle ne s'en défendait pas.

Elle était la femme de l'ogre et il était juste que ça se voie.

Elle était pourtant prête à céder aux caprices des enfants du monde entier, à les gâter indéfiniment, à les couvrir de confiseries et de gâteaux, de jouets et de cadeaux, à dépenser pour eux tout ce qu'elle possédait, mais rien n'y faisait. Cette générosité suspecte avait plusieurs fois incité des parents inquiets à alerter la police. Elle avait alors décliné son identité, son adresse, dit qui elle était où elle travaillait et… Si elle avait des enfants.

Chaque fois elle craignait qu'on la reconnaisse. Pourtant on ne l'avait pas condamnée. Pas elle. Mais il y avait une pierre dans son âme lourde comme un menhir. Il lui semblait laisser en marchant, des empreintes plus profondes que celles des autres.

Pour éviter de troubler l'ordre public, elle reportait son affection sur les animaux. Sa maison était le rendez-vous des chiens errants et des chats perdus. Le jardinet plein de crottes et le pavillon où régnait une tenace odeur d'urine ne plaidaient pas en sa faveur, sa réputation auprès des voisins était catastrophique. Seule la responsable de l'antenne locale de la SPA lui rendait parfois visite, moins pour l'aider que pour vérifier que ses grandes mains ne maltraitaient pas les chatons et les chiots.

Rien ne compensait le mal d'enfant de Marie-Jeanne Pontcallec.

Elle frottait ses mains l'une contre l'autre, s'arrêtait de temps de temps pour les regarder, dedans, dessus, puis reprenait inlassablement son geste, comme pour les laver.

Elle vivait chaque journée comme une case, une tâche dont il fallait venir à bout, un vase de larmes qu'il ne fallait pas remuer. Son travail chez Turpin l'aidait à retenir le temps sans le secouer.

Deux ou trois fois par an, elle recevait une lettre de la Maison Centrale de Saint-Martin de Ré. Dans la première qu'elle n'avait ouverte que longtemps après le procès, il y avait une litanie de jérémiades, de justifications, de plaintes minables. Elle l'avait mise dans la boîte à chaussures où elle avait ensuite ajouté toutes les autres sans les ouvrir. La boîte serait bientôt pleine. Chaque fois qu'elle ajoutait une enveloppe, elle se disait qu'il finirait pas sortir et qu'elle n'avait rien fait, pour le revoir ni pour divorcer, ni rien non plus pour revoir ses enfants à part commencer mille fois une lettre qu'elle avait mille fois déchirée, penser mille fois prendre le train pour

Paris ou Mulhouse où ils vivaient à présent et mille fois renoncer...

À son travail personne ne savait qu'elle était la femme de l'ogre. Toujours ponctuelle, toujours amicale et bienveillante, elle tâchait de ne jamais regarder plus loin que le bout de la journée. Mais au square près de chez elle, elle ne pouvait s'empêcher de regarder les enfants.

Soudain, il a froid

Soudain, il a froid. Il prend sa veste sur le siège arrière et fouille ses poches dans l'espoir d'une cigarette, oubliant qu'il a cessé de fumer depuis plus de dix ans. Son téléphone lui donne envie d'appeler immédiatement quelqu'un, n'importe qui. Il a envie d'entendre une voix, n'importe laquelle. Mais il n'y a pas de réseau et l'appel n'aboutit pas.

Alors il écrit un SMS en se disant qu'il partira dès qu'il trouvera du réseau. Il n'est pas sûr que ça marche comme ça. Peut-être que ce message n'arrivera jamais, alors il peut bien écrire n'importe quoi. C'est comme la roulette russe.

Dans l'embouteillage

Dans l'embouteillage quotidien sur le pont, Hélène Lignard arrêta ses essuie-glaces en ruminant sa mauvaise humeur contre ce putain d'atelier de contes. Cette manipulation flagrante du patronat visait évidemment à détourner l'attention des travailleurs et mieux les baiser. Elle ne voyait pas bien comment, mais elle le sentait, elle flairait l'arnaque, elle n'avait aucun doute là-dessus, mais elle ne parvenait pas à s'empêcher de jouer le jeu. Ce truc l'avait contaminée et elle transposait de plus en plus souvent ce qu'elle était en train de vivre comme une partie d'un conte. Elle ne pouvait pas s'en empêcher.

Là, par exemple, il lui venait tout une histoire : elle était soldat du Roy, engagée pour sauver son amoureux en se faisant passer pour un garçon. Sur la route pour rejoindre le champ de bataille quelque chose empêchait tout le monde de sortir du pont, le diable peut-être avec une devinette du genre : « si tu réponds pas tu perds ton âme ». Dès qu'il y avait un pont, il y avait un diable dessus, tout le monde savait ça, et chaque fois un paysan malin ou sa femme trouvait une astuce pour le rouler. Hélène se demandait comment s'y prendre pour rouler les patrons, s'il y avait une manière de répondre à leurs questions ou bien si on pouvait leur demander la réalisation d'un souhait impossible. Elle s'imaginait en diable sur ce pont, détroussant tous ces imbéciles dans leurs voitures et les transformant en crapauds, ou les emmenant tous à la noyade en leur jouant de la flûte comme le preneur de rats de Hamelin.

Depuis le début des ateliers, elle avait beaucoup appris sur les contes de fées. Elle n'en connaissait pas d'autre que le Petit Chaperon Rouge qu'on avait dû lui raconter parce que son père était à la CGT. Si ç'avait été le petit chaperon bleu ou blanc, elle n'en aurait peut-être jamais rien su.

Tout en protestant que c'était bien n'importe quoi, elle avait lu les contes de Grimm, de Perrault et d'autres, des contes traditionnels d'Asie, de Russie, d'Afrique et l'idée de faire coller les contes à la réalité de ce qui se passait dans l'entreprise, lui paraissait excellente. Mais quand on est représentante syndicale, on n'a, par principe, pas le droit d'être d'accord avec les propositions du patronat. Elle n'en avait donc parlé à personne. Mais maintenant les contes peuplaient tout son univers et là, dans l'embouteillage, elle s'y laissait aller de bon cœur. Elle reprit sa rêverie de femme soldat, en culotte et veste à brandebourgs. Elle faisait le coup de feu avec les hommes en prenant soin qu'ils ne découvrent jamais qu'elle était une femme.

Soudain, dans un rayon du soleil revenu, elle vit un pantin lancé en l'air comme si le conte avait débarqué dans le vrai. Il avait dû retomber sur les carrosseries. Un pantin, quelle idée ! Devant elle, des conducteurs ouvraient leurs portières pour aller voir ce qui se passait. Elle se souvint qu'il y avait eu un coup de Klaxon, un bruit de freinage, un choc. Pour s'épargner un spectacle horrible, elle se retint de suivre la masse des curieux, et reprit son rêve. Un malheureux avait dû mal répondre et le diable l'avait jeté en l'air…

Elle arrêta son moteur. On entendait au loin la sirène d'une ambulance ou des flics. Elle descendit finalement de sa voiture et, comme tout le monde, s'approcha. Quelques hommes congestionnés retenaient la foule qui regardait avec horreur le corps d'une femme en imperméable dont la chevelure brune baignait dans une flaque de sang. Elle aperçut un pied déchaussé et un sac à main qui lui sembla connu. Pour en avoir le cœur net, elle se fraya un chemin parmi les curieux. Salomé. C'était Salomé que le diable avait prise.

– Laissez-moi passer, je la connais !

Les costauds s'écartèrent. Elle s'approcha doucement, ne sachant trop comment faire pour ne pas marcher dans le sang. Elle hésitait encore quand les gendarmes arrivèrent en jouant les fiers-à-bras et surmontant leur répulsion en aboyant sur la foule. Elle se fit refouler.

– Mais je la connais !

– On dit ça, on dit ça, des badauds y'en a toujours, des témoins y'en a jamais ! Vous avez vu l'accident ?

- Oui, enfin non, j'étais là-bas…

– Vous avez vu ou pas ?

– Mais je la connais je vous dis !

Au même moment, un jeune type s'effondrait en pleurant sur le trottoir en criant elle s'est jetée sur ma bagnole, je pouvais rien faire, c'est pas ma faute !

Le gros flic qui lui barrait la route se calmait un peu. Il demanda à Hélène :

– Vous êtes sûre que vous la connaissez ?

– Elle travaille avec moi.

– Chef ! On a quelqu'un qui connaît la victime !

Le chef s'approcha l'air soupçonneux.

– C'est vous le témoin ?

– C'est-à-dire…

– C'est vous oui ou non ?

– Oui c'est moi ! Mais si vous continuez à me parler comme à une merde vous pourrez aller vous faire voir ! Je la connais, c'est ma collègue, bordel !

– Bon, bon, ça va, vous énervez pas…

– Si vous voulez pas que je m'énerve, vous m'écoutez quand je parle !

– OK, OK, venez…

L'ambulance des pompiers arrivait, d'autres gendarmes et même un journaliste. Elle suivit le brigadier dans la camionnette. À l'intérieur du J7 les bruits arrivaient estompés, comme la bande-son d'une série policière. Le gendarme prit un formulaire qu'il posa sur son bloc et commença à écrire.

– Excusez-moi pour tout à l'heure, mais vous pouvez pas imaginer le nombre de dingues qu'on voit pendant les accidents… Des gens qui n'ont rien vu et qui ne savent rien mais qui veulent se rendre intéressants…

– Oui, je comprends. Mais vous savez, je ne sais pas grand-chose.

– Vous la connaissez ?

– Oui, elle s'appelle Salomé de Coïmbra et elle travaille dans la même entreprise que moi, chez Turpin et fils.

– Vous savez où elle habite ?

– Non, mais je peux appeler la boîte pour qu'on prévienne chez elle…

– Vous savez si elle a de la famille ?

– Elle est mariée je crois, il s'appelle Tony, ils sont portugais.

– Alors ils ont de la famille…

– Pourquoi vous dites ça ?

– Ma femme est portugaise. Vous avez vu l'accident ?

– Pas vraiment. J'étais dans l'embouteillage une bonne dizaine de voitures en arrière. J'ai seulement vu…

Un sanglot lui nouait la gorge. Sans rien dire, le gendarme lui tendit un gobelet d'eau fraîche et une boîte de mouchoirs.

– J'ai seulement vu son corps… J'ai cru que c'était un pantin… Je suis désolée…

– Ça va aller. On va les prévenir nous-mêmes. Vous pouvez me donner le numéro de téléphone de votre entreprise ?

– Bien sûr, je vous l'écris si vous voulez.

Il lui tendit son bloc.

– Vous voulez mon nom en cas de besoin ?

– Oui s'il vous plaît. Vous avez votre carte d'identité ?

– Ah ben d'accord… !

– C'est le règlement…

– OK, ça va…

Il nota soigneusement son nom.

– Vous êtes toujours à cette adresse ?

– Oui

– Peut-être qu'on vous appellera pour prendre votre déposition. Merci de votre aide.

– De rien.

En descendant de la camionnette, elle se rendit compte qu'elle venait de serrer la main d'un flic. Le soleil avait chassé les nuages, il faisait chaud.

Un homme et une femme en blouse blanche s'activaient auprès du brancard de Salomé. On voyait un flacon de perfusion. Hélène demanda à un pompier où on l'emmènerait.

– Vous êtes de la famille ?

– Je suis sa collègue.

– J'ai pas le droit de vous dire…

Il la regarda. Elle était décomposée.

– Bon, allez, on l'emmène à Beaujeu. Mais vous dites pas que c'est moi qui vous l'ai dit d'accord ?

– D'accord.

Elle remonta dans sa voiture que la circulation contournait tant bien que mal. Elle suivit un moment l'ambulance du SAMU puis rentra chez elle.

Jean-Marc n'était pas là. Elle se dit qu'il n'était jamais là, même quand il y était. Il était transparent. Elle mit de l'eau à chauffer pour se faire du thé et prit une douche. Elle resta longtemps sous l'eau chaude. L'image du sang lui revenait, et aussi le saut du pantin, et le ricanement du diable. Elle s'emmaillota dans son peignoir, versa l'eau bouillante dans le mug avec le petit sachet puis s'assit à la table de la cuisine en regardant la vapeur monter en torsade. Elle se remit à pleurer sans savoir pourquoi, à longs sanglots désespérés. Elle se trouvait ridicule mais elle ne pouvait s'en empêcher. Quand elle se calma, son thé était presque froid et elle sut alors qu'elle avait dormi, comme ça, allongée sur la table. Elle vida sa tasse dans l'évier, s'habilla et partit à l'hôpital auquel le soleil rougeoyant donnait des allures de château fort devant les nuages qui s'accumulaient sur l'horizon.

À l'aurore

À l'aurore, il écrit toujours. Il distribue les fragments épars de sa pensée en un flot de SMS, assis sur le siège en cuir. Du cuir de vache. Il le sait parce qu'il a demandé au garagiste s'il pouvait proposer une balade en voiture à un client musulman. Du cuir de vache pleine peau, a dit le type en ajoutant des tas de qualificatifs pour faire joli sur la facture.

Je viens prendre des nouvelles

– Je viens prendre des nouvelles de Salomé de Coïmbra, elle a eu un accident cet après-midi et…
– Vous êtes de sa famille ?
– Non, une collègue…
– Ah… Quel est votre nom ?
– Hélène Lignard. Vous ne pouvez rien me dire ? J'ai vu l'accident et…
– Quelqu'un va venir, si vous voulez vous asseoir…

Rien dans le hall de l'hôpital, ne pouvait servir de support à l'imagination. Verre et carrelage, sourire de fonction, cernes de rigueur, téléphone. Une machine à pièce offrait dans l'éclairage de ses néons, des friandises multicolores et des boissons trop sucrées. Sur la table du coin d'accueil, même les têtes couronnées des revues fatiguées avaient perdu toute capacité à faire rêver une vieille femme en pantoufles et chemise de nuit au regard vide. Sur tout cela flottaient des relents de soupe, des odeurs de produits servant à masquer les odeurs. Dehors, la pluie recommençait à tomber.

Cinq minutes plus tard un interne livide et exténué demanda :
– Madame Lignard ?
– Oui…
– Vous êtes de la famille ?
– Non, une collègue.
– Ah…
– Pourquoi… Elle est… ?
– Écoutez, je ne peux rien vous dire. Je ne peux donner de nouvelles qu'à la famille.
– Mais, elle est vivante ?

– Oui, elle vit. Elle est en salle d'opération… Vous connaissez quelqu'un de sa famille ?

– Et bien, il y a son mari…

– Vous pouvez le prévenir ?

– Oui, enfin, je ne sais pas…

– Faites-le, merci.

Avant qu'elle ait eu le temps de répondre, l'interne avait tourné les talons.

Elle s'installa dans sa voiture pour téléphoner. Une pluie fine se déposait à l'extérieur des vitres et la buée à l'intérieur…

– Allô ? Christine ?

– Allô oui, salut Hélène.

– Salut. T'es au courant pour Salomé ?

– Oui, bien sûr, les flics nous ont appelés cette après-midi. Ils ont dit que c'est toi qui leur avais donné le numéro de la boîte.

– Oui, c'est ça. Là, je suis à l'hôpital…

– Ah bon ? Pourquoi faire ?

– Je suis venue prendre des nouvelles.

– Ah ben c'est sympa ça… Alors ? Comment elle va ?

– Je ne sais pas, ils ne veulent rien dire parce que je ne suis pas de la famille, mais je crois que c'est grave.

Hélène revoyait le corps au-dessus des voitures.

– Vous avez appelé son mari ?

– Les flics ont pris son numéro de téléphone. Ils ont dû le faire…

– Il n'est pas venu à l'hosto… Ils m'ont demandé de le prévenir. Tu as son numéro ?

– Ben t'as du pot : je suis sur le parking de la boîte, j'allais partir. Je remonte et je te rappelle.

– Merci. À toute.

Elle attendit en écoutant la pluie qui tombait sur la voiture. Christine avait une voix bien calme pour quelqu'un qui était sur le point de partir. Elle avait même l'air enjoué. Sur le parking de la boîte… À 19 h 30, ouais… Ce n'était pourtant pas son genre de partir une demi-heure après l'heure.

Quand Christine rappela, Hélène eut nettement le sentiment qu'elle n'était pas seule. Elle lui donna le numéro de l'appartement de Salomé et raccrocha sur un « à demain » enjoué comme un soleil.

Froide comme l'hiver

Froide comme l'hiver, la brume masque le soleil levant. Il a envie d'un café au lait dans un grand bol avec du sucre et des tartines. Il arrête la voiture sur la place du village. Le bistrot sent le bois imprégné d'anis, d'alcool, de terre lourde, de bottes de chasse, de rires gras et de vieilles habitudes. Les premiers clients ont quitté les lieux depuis longtemps, l'heure n'est pas si matinale après tout. Une femme peu désireuse de bavarder lui apporte son café et un croissant. Elle a dit « je fais pas les tartines » avec l'air las de celle à qui on demande ça vingt fois par jour.

Sur le parking de la boîte

Sur le parking de la boîte, Christine Ladurel reposa son téléphone et se tourna en souriant vers le conte de fées qu'elle voulait voir dans le regard concupiscent de Gérard Benjoin. Elle avait profité de son passage dans les bureaux pour retirer tout à fait le soutien-gorge qu'il avait si délicieusement ravagé tout à l'heure. Elle s'inclina pour balancer vers lui son opulente poitrine, brûlant de lui faire comparer les taches de rousseur de ses seins aux flamboiements de sa toison pubienne.

Après la séance de contes qui avait vu la défaite de Mortier, Christine était restée admirative du camarade Gérard et de son art poétique. Elle le lui avait signifié par des déclarations limpides - « mais c'est merveilleux ce que vous faites » - soutenues par un arsenal de regards langoureux, de soupirs et de battements de cils, de main posée sur son bras pour lui parler, de pression de ses seins contre son omoplate pour regarder son écran par-dessus son épaule. Lui, en retour, versifiait à tour de bras.

> « *Christine, , j'ai rêvé que je sentais sur moi,*
> *La chaleur de ta paume, la pression de tes doigts… »*

Christine, militante sincère et engagée, s'étonnait du ton réactionnaire de cette poésie dont elle goûtait par ailleurs tout le charme équivoque.

> « *Tu sors de mon bureau. Y viendras-tu encore ?*
> *Tu m'y as laissé seul avecque ton parfum*
> *Qui tourmente mes nuits parfois jusqu'au matin*
> *Désirant ton désir et rêvant de ton corps. »*

Ah, que la décadence avait de charme ! Comme il était doux d'imaginer Gérard rêvant d'elle la nuit et faisant… ce qu'elle se faisait tout en rêvant à lui.

Il glissait ses vers dans des courriers qu'il lui faisait remettre ou dans sa messagerie qu'elle n'ouvrait plus que les joues en feu. Il lui laissait entendre que ce n'était là que parties émergées d'un iceberg dont il brûlait de lui dévoiler la taille impressionnante.

> *« Si tu le veux Christine, tu seras mon Elsa*
> *Et je serai pour toi ce que fut Aragon*
> *Ton enfant, ton amant, mater dolorosa,*
> *Si tu fais comme Irène et me montres ton… »*

Le lieu de cette révélation faisait problème. Gérard était marié. D'ailleurs Christine croisait parfois Josiane, sa femme, au siège du parti ou lors de réunions syndicales. Le cheveu terne, la mine terreuse et les dents jaunies par les Gitanes, la médiocrité de cette rivale aurait étouffé les remords de Christine si elle en avait eu. Mais elle ne voulait pas laisser passer sa bonne fortune sous prétexte de compassion ou autre ânerie, chacun pour soi après tout ! Si Josiane n'avait pas su empêcher Gérard de courir la prétentaine, elle n'avait à s'en prendre qu'à elle-même. Christine trouvait même moralement défendable d'offrir un peu de plaisir au camarade Gérard qui ne devait pas en avoir beaucoup auprès de cette compagne lugubre à la voix de rogomme et dont on devinait les seins petits et flasques sous des tuniques indiennes péniblement soixante-huitardes.

Avant d'être initiée aux mystères de la dictature du prolétariat, Christine avait bénéficié du strict enseignement des Sœurs de L'Assomption et elle estimait que se sacrifier sur l'autel de la virilité de Benjoin était ni plus ni moins qu'un acte de charité. Elle se voyait en martyre, flagellée sur une croix de saint André, avant d'être offerte à un Gérard prêt aux plus terribles assauts en très seyant costume de légionnaire romain.

Dans sa voiture, ni soleil ni sable de l'arène, mais les halos des réverbères que la buée faisait baver sur le pare-brise. De plus, le légionnaire semblait attendre d'elle une participation active.

– Vous voulez qu'on aille chez moi ? demanda Christine,

– Je n'ai pas le temps, il faut que je rentre, répondit-il, congestionné.

Alors Christine, faisant contre mauvaise fortune bon cœur, s'agenouilla pieusement par-dessus le levier de vitesse, et sans mot dire, baissa la fermeture éclair pour extirper le diable endormi de sa moiteur pendant que la main gauche de Gérard lui remontait la jupe et dévoilait aux possibles voyeurs de la nuit son postérieur contemplant la voie lactée. La honte lui cambra les reins et son gémissement fit craindre à Gérard qu'elle ne le mordit. Elle songea furtivement aux princesses qui embrassent des crapauds. Elle découvrait qu'on n'était pas obligée d'en avoir envie…

À force d'ondulations, sa hanche coinça le Klaxon qui hurla dix bonnes secondes avant qu'elle ne parvienne à s'en dépêtrer, choquée et verte de saisissement. Le vacarme l'avait emplie d'une terreur mystique, fruit des graines semées par les Sœurs de L'Assomption ? L'apparition soudaine de Dieu, Karl Marx ou Baba Yaga ne l'aurait pas surprise et elle scrutait les profondeurs obscures du parking pour y surprendre les fantômes de Félix Faure ou du Cardinal Daniélou revenus pour hanter les amants adultères.

Cette interruption masquait heureusement la défaillance de Gérard, mais pour faire bonne figure, il feignit la consternation et rassura sa compagne.

Quel dommage Christine, c'était pourtant si bien
Mais il faut que j'y aille, on le fera demain…

– Quel homme se dit-elle, quel homme ! Dans un moment pareil, faire des alexandrins…

Et elle sut comment font les princesses pour changer les crapauds en princes charmants.

« Où sont les pornographes ? »

« Où sont les pornographes ? » dit la légende de la photo en une du quotidien local : une vache au loin dans un pré. Il trouve l'article inséré entre « bonne ambiance au Scrabble des anciens » et « mystérieux préparatifs pour la kermesse du cidre ». « Un couple de réalisateurs de films pornographiques habiterait dans le secteur de B… Peut-être les croisez-vous tous les jours… ». Dans une trentaine de lignes sur le sujet, le journaliste laisse à penser qu'il en sait plus qu'il ne l'écrit. Tous les noms propres sont remplacés par une initiale suivie de points de suspension.

Sur la page, les taches grasses que laissent ses doigts s'ajoutent aux autres.

Allô, Monsieur Mondego ?

– Allô, Monsieur Mondego ?
– Qui c'est ?
– Bonsoir Monsieur… Je suis Hélène Lignard une collègue de votre femme.
– Qui ça ?
– Vous êtes bien le mari de Salomé ?
– Mouais… Possible… Elle est pas là.
– Oui, je sais, elle est… Elle est à l'hôpital.
Il y eut un grand silence embarrassé. On entendait la télé en fond sonore. Hélène trouvait la voix horrible, éraillée, vulgaire, méchante…
– Et vous êtes qui, vous avez dit ?
– Je m'appelle Hélène Lignard.
– Et qu'esse vous voulez ? Hélène Lignard ?
– Vous êtes ivre ?
– Qu'esse ça peut te foutre connasse ?
Il y eut du bruit dans le combiné, il avait dû lâcher le téléphone, Hélène entendait une femme qui gueulait calme-toi Tony, putain ! Mais arrête ! Puis le claquement d'une porte et la sorcière prit la communication :
– Putain vous êtes qui ?
– J'appelle pour signaler que la femme de Monsieur Mondego est à l'hôpital. Elle a eu un accident et…
– Mais j't'ai d'mandé vous êtes qui bordel ! Hurla l'autre,
– La police madame.
– Même pas vrai ! Y z'ont déjà appelé tt'à l'heure ! Alors qui t'es pour nous faire chier ? On ira pas à ton putain d'hôpital t'as compris ? Va te faire foutre !

Hélène regarda son téléphone. Elle avait la nausée. Replongeant dans son état de choc, elle sortit de la voiture et s'appuya sur le capot comme une femme saoule, le goût aigre de la bile et de la haine à la bouche. Elle était glacée, elle tremblait de tout son corps.

Comme tout le monde au boulot, elle ignorait tout de la vie de Salomé. Personne n'imaginait l'enfer qu'elle subodorait maintenant. Mais elle était déléguée syndicale, pas autre chose… Ce n'était pas à elle de s'occuper de ça. Mais elle s'indigna aussitôt contre sa propre lâcheté : si elle ne se sentait pas concernée, qui le serait ? Elle tentait de se rassurer, qu'est-ce qu'elle savait au fond ? Rien… Ces deux démons avaient peut-être de bonnes raisons, ou au moins une excuse… Elle avait beau chercher, elle ne parvenait pas à imaginer ce qui pouvait justifier ces voix de cauchemar, ces mots ignobles… La peur et la rage la faisaient encore frissonner. Ce monstre, ce serait son mari ? Qu'est-ce que vit cette fille ? Et cette espèce de harpie, est-ce que ce n'est pas la sorcière de Hansel et Gretel, celle qui attend que la petite fille soit assez grasse pour la cuire et la manger ?

Elle retourna à l'accueil de l'hôpital et sur un ton sans réplique, demanda qu'on lui donne des informations sur Salomé, refusa de s'asseoir, prête à éclater si on lui demandait encore une fois si elle était de la famille.

L'interne une fois réapparu, elle demanda à lui parler dans un endroit tranquille. Il n'osa pas protester et l'emmena dans une petite pièce encombrée d'un lit, d'armoires à tiroirs, d'appareils électriques avec des tuyaux noirs.

Elle attaqua, hors d'elle.

– J'ai appelé son mari. Il est bourré, il a déjà été appelé par la police, il ne viendra pas. Je veux savoir comment elle va…

L'interne la regarda de l'air de celui qui a compris quelque chose.

— Elle a de nombreux traumatismes et plusieurs fractures. Elle est en ce moment dans un coma profond, certainement à cause du choc et d'un enfoncement de la boîte crânienne. Il n'est pas du tout certain qu'elle survivra.

Puis, après un silence,

– Vous êtes très proches ?

– Oui, dit Hélène parce que c'était ce qu'il fallait le laisser croire pour qu'il continue à parler.

– On nous a dit que c'est peut-être une tentative de suicide… Vous savez quelque chose ?

– Non, pas vraiment…

Il proposa :

– Laissez-moi vos coordonnées. On vous appellera dès qu'il y aura du nouveau.

– Merci.

Elle donna son nom, son numéro de portable et ajouta :

– Vous pouvez appeler à n'importe quelle heure.

Elle sortit comme un somnambule, l'air du dehors lui fit sentir son immense lassitude, elle s'effondra sur le siège de sa voiture. Elle avait envie d'aller boire un verre. Elle n'osa pas déranger Christine à cette heure-ci. Elle démarra puis roula au hasard au bord du fleuve, lentement, laissant remonter les images comme des bulles, le sac à main de Salomé dans sa flaque de sang, l'infect con au téléphone, l'interne épuisé… Elle n'avait pas envie de retrouver Jean-Marc et de l'entendre râler après la télé.

Elle rêvait d'un preux chevalier qui terrasserait la chose immonde qui l'avait salie au téléphone. Elle aurait aimé la transpercer elle-même avec sa baïonnette de femme soldat, mais l'idée même d'évoquer son image lui levait le cœur.

Entre les platanes, dans la lumière des phares, un esprit du fleuve en short et cuissardes se remettait du rouge à lèvres en contemplant son visage peint dans son miroir aux alouettes. Dans les voitures, les hommes le dévoraient des yeux.

Sur le siège du passager, son portable sonna. Christine.

– T'as des nouvelles de Salomé ?

– Oui…,

– Ça ne va pas ?

– Si, si… je ne sais pas…

– Tu es chez toi ?
– Non.
– On va boire un pot ?
– Oh oui !

En bas du village

En bas du village, près d'une plage, un déversoir retient les eaux vertes d'une rivière pour former un étang couvert de lentilles d'eau et de nénuphars. Il y jette des pierres. Depuis l'autre rive, un homme en salopette le regarde, immobile et désapprobateur. Il remonte vers le bourg par des ruelles torses entre les murs salpêtrés de maisons en ruine.

Les hautes fenêtres à meneaux ont tous leurs carreaux crevés, des moellons et des herbes folles envahissent la cour du vieux château. En voulant le contourner, il trouve un chemin qui monte sur la colline.

On disait « Le Commerce »

On disait « Le Commerce » par habitude. Pour se différencier des blancs-becs qui eux disaient « la Brasserie du Commerce », les enfants des notables disaient : « Le Com' ».

Tout le monde y venait un jour ou l'autre. Les uns trouvaient l'ambiance détestable, la bière trop chère et les filles chichiteuses, les autres en faisaient « le » bar où passer ses soirées en savourant la gloire d'appeler les barmans par leur prénom et de taper la bise aux serveuses. La moleskine des banquettes, les barres de cuivre des dossiers, le marbre des tables, le dépoli des verres de lampe, tout voulait rappeler les brasseries parisiennes, mais il manquait aux serveurs la gouaille la désinvolture. On voyait à leur air fourbe et soumis l'ambiance délétère qui régnait en cuisine. Le patron se lamentait de la cherté de la vie et de la fainéantise des jeunes, il ne faisait bon accueil qu'aux personnalités dont la bedaine attestait la réussite, l'air fourbe dénonçait les combines et la couperose disait la province. Inclinant vers les leurs sa face rubiconde, il pérorait sur les malheurs du temps et regrettait celui du travail bien fait.

En période électorale, les deux camps principaux montraient leurs forces en animant d'âpres conciliabules à la terrasse visible de toute la place. Il était de bon ton de s'ennuyer au « Com' », le soir, en dégustant des huîtres entre médecins, banquiers, patrons et avocats, sans oublier la presse qui nommait journalisme la publication des maigres ragots que cette assemblée laissait choir de sa table.

Ni Hélène, ni Christine n'aimaient le Commerce, mais il était tard et les autres bars de la ville étaient pleins de braillards et de musique. Elles s'installèrent dans un angle et contemplèrent la salle au trois-quarts vide en attendant leurs consommations.

– C'est qui le type avec Anne-Sophie ?

– Où ça ?

– Là-bas, avec la robe à fleurs…

– Hein ? C'est Anne-Sophie ?

– Ben je crois bien…

– Attends, j'y crois pas… On la voit jamais habillée comme ça !

Comme elle avait abandonné son habituel look noir et désespéré, on avait effectivement du mal à l'identifier en la personne de cette jeune femme fraîche et printanière qui dînait en tête à tête avec un vieux.

– C'est pas son mari ?

– Non, il est vieux aussi mais pas autant que lui. Tu te souviens pas ? Il est venu au Noël de la boîte l'an passé…

– Ah oui ! Celui qu'a l'air d'un…

– D'une vieille pédale oui. Il paraît qu'il n'a pas que l'air…

– Ah bon ? Mais pourquoi ils sont mariés alors ?

– T'es con ou tu fais semblant ?

Hélène ne répondit pas. Elle pensait qu'effectivement elle était un peu conne. En tout cas elle se souciait peu de ces histoires de coucheries qui faisaient l'ordinaire de la machine à café.

Le garçon apporta le demi et le tango panaché en faisant tout ce qu'il pouvait pour qu'elles comprennent que leur genre n'était pas le bienvenu dans cet établissement sélect.

Christine trempa ses lèvres dans la mousse rose et sucrée.

– Alors, Salomé ?

– Elle est à l'hôpital.

– Raconte…

Hélène raconta le coup de téléphone, l'accident, le gendarme, les insultes, l'ivresse. C'était difficile à suivre. De temps en temps elle s'arrêtait pour une gorgée de bière ou parce que les larmes qui revenaient.

– Mais tu la connais bien Salomé ?

– Non, pas plus que ça pourquoi ?

– Tu as l'air bouleversé…

– C'est ce type au téléphone, Tony, c'était épouvantable…
J'en suis encore malade.

Elle vida son verre et ajouta.

– J'ai besoin d'un cognac et de parler d'autre chose. Tu
m'accompagnes ?

– D'accord. Garçon ! Deux cognacs !

– Tout de suite, répondit le loufiat impressionné par
l'autorité de Christine et le prix de la commande.

– Et toi alors, qu'est-ce que tu racontes ?

Christine hésita. Elle avait une furieuse envie de parler et
faisait mentalement le tri entre ce qu'elle pouvait et ne
pouvait pas dire de son aventure avec Gérard Benjoin.

– Tu ne devineras jamais…

Le chemin grimpe fort

Le chemin grimpe fort. Il ôte sa veste. Une odeur aigre monte de la chemise qu'il porte depuis la veille, ses chaussettes de fil glissent dans ses chaussures trop fines. D'en haut, il surplombe les toits d'ardoise du village. L'haleine moisie des ruelles monte jusqu'à lui. Il pourrait lancer des pierres sur les têtes des habitants s'il y en avait. Il s'étend à l'ombre d'un sureau.

Anne-Sophie se demandait

Anne-Sophie se demandait ce qui, sous la table, remontait le long de son mollet, si c'était un chien, un chat ou un lutin… Ces fichus contes et la soirée d'hier lui montaient à la tête et son imagination maintenant débridée voyait du féerique un peu partout. Et puis un lutin qui se rinçait l'œil en reluquant sa culotte sous la table du « Com' » valait mieux que la triste réalité du pied de Massenard escaladant sa jambe ! Elle eut envie de serrer les cuisses, mais pensant au lutin elle dit : qu'il en profite ! Sa culotte d'ailleurs n'avait rien d'indécent. Elle l'avait choisie prise dans la catégorie « on ne sait jamais mais c'est improbable », considérant qu'une soirée en compagnie de Massenard ne méritait certainement pas une des torrides « Oui, oui, oui ! » que sa vie sexuelle moribonde avait reléguée au fond du tiroir.

L'habitude de catégoriser les culottes remontait à son enfance où il y avait les *tous les jours*, blanches et simples, les *dimanches ordinaire*, joliment festonnées, et les *dimanches avec les cousins* : de simples *dimanches ordinaire*s usées que sa mère estimait suffisantes pour jouer dans la terre, dénicher les oiseaux ou à escalader de préférence ce qui était dangereux ou interdit. Les *à la pension*, couvrantes jusqu'au ridicule accompagnèrent son adolescence chez les sœurs. Quant elle eut passé son bac, les *on ne sait jamais* prirent le pas sur toutes les autres. Il y avait ainsi les *on ne sait jamais à la fac, on ne sait jamais en soirée* et l'ultime, la plus secrète, la *oui-oui-oui*. Ses noces avec André-Jean Chassin mirent un terme à cette période faste. Son consentement à ce mariage arrangé de longue date avec un petit-cousin de vingt ans son aîné, était une formalité. Mais, parce qu'on jugeait cette question inconvenante et superflue, on ne lui avait jamais rien dit du goût exclusif d'André-Jean pour les très jeunes garçons.

Anne-Sophie eut beau déployer ses charmes et les trésors de ses tiroirs à culottes, André-Jean restait d'une flaccidité de méduse. Sa confiance dans les siens vacilla lorsque sa grand-mère lui révéla finalement que la pédophilie de son époux était un secret de Polichinelle et que toute la famille avait bien rigolé en douce de la marier à ce vieux dégueulasse. Pour la consoler, l'aïeule lui confia que tout ceci n'était que petite bière en comparaison du masochisme scatophile d'un certain cousin ministre et sénateur dont les turpitudes devenaient de plus en plus difficiles à dissimuler à la presse. Anne-Sophie sombra dans cette forme de confusion qu'on nomme dépression dans un monde moins raffiné. Incapable de mettre en doute la respectabilité de sa famille, elle se considéra comme anormale et perdit toute confiance en elle-même, se persuada que son destin était de trouver un homme qui la dominerait et ferait d'elle son esclave soumise dont l'âme fatiguée consentant à tout dans une morne indifférence trouverait enfin le calme, le sommeil et la mort. Pour afficher sa disposition, elle adopta le look *Gotik*, mais son apparence qui n'eût été qu'extravagante si elle avait eu quinze ans, fit scandale chez cette femme mariée et en âge d'être mère.

Au service de comptabilité de Turpin et Fils, ses collègues terrifiés la disaient carrément piquée, et aucun dominateur ne l'approchant jamais, elle était à la veille de répondre aux petites annonces spécialisées d'internet ou de s'offrir au peu remarquable James, chef du service contentieux. Le sadisme dont ce pompeux imbécile faisait preuve dans ses relations avec ses subordonnés, en faisait un candidat possible au rôle de maître dominateur.

Sa rencontre avec Chloé la révéla de justesse à elle-même. Bien qu'enfouie des années durant sous de multiples couches de frustrations et de souffrances, sa féminité jaillit alors comme une source fraîche et abondante. Comme le petit pois de la princesse, elle avait survécu à l'étouffement de tous les matelas, et conservé intacte sa capacité à déranger.

En une seule nuit, à force de passion, de douceur et de caresses, Chloé lui avait appris qu'elle était avant tout une femme qui ne devait rien qu'à elle-même et qu'elle détenait un pouvoir illimité dont elle pouvait user abondamment pour son plaisir et celui du monde autour d'elle.

Forte de cette toute nouvelle estime de soi, Anne-Sophie avait tout de même honoré l'invitation du terne Massenard qui présentement lui astiquait le mollet avec le dessus de sa chaussure italienne.

Chloé lui avait rappelé combien elle était jolie, fraîche et souriante, et il lui revenait maintenant qu'elle avait des yeux adorables, une bouche faite pour le baiser, une moue délicieuse, un petit nez mutin et des oreilles à croquer sans parler de ses dents étincelantes. Toute vanité mise à part, elle trouvait que ça faisait beaucoup pour un Massenard dont le costume de bonne coupe et la montre chère équilibraient mal l'haleine fétide, la calvitie, l'embonpoint, les mains trop fortes, le regard malsain et le sourire torve.

Elle regrettait d'avoir sollicité cette entrevue dont elle attendait du piston pour un job susceptible de changer le cours de son existence qu'elle ne trouvait plus, justement, monotone du tout. Sa vie était, depuis hier, toute pleine de saveur, et elle avait envie d'y mordre comme dans un fruit juteux. Massenard par comparaison, lui semblait une poire blette.

– Monsieur Massenard, vous me faites penser à une poire blette, dit-elle lorsque le serveur apportait les œufs en meurette.

Il fit mine de ne pas avoir entendu et rivalisait d'impénétrabilité avec le maître d'hôtel. Elle insista :

– Vous devriez astiquer l'autre, celle-ci doit briller suffisamment maintenant…

– De quoi parlez-vous, mon petit ? demanda-t-il, cauteleux, en ramenant précipitamment son pied sous sa chaise.

– De votre chaussure. Elle doit être tout à fait polie depuis que vous me la frottez sur le mollet. Vous pouvez arrêter, je pense.

– Ma…, oh ! Toutes mes excuses je ne pensais pas que…

Il prenait le garçon qui gravement s'occupait des assiettes creuses et de la saucière à témoin du quiproquo, et de sa bonne foi.

– Dites-moi, Monsieur Massenard, pensiez-vous me sauter après le repas ?

– Moi ? Mais enfin…

– Depuis tout à l'heure je me pose la question… Vous me trouvez à votre goût ?

– Chère amie…, vous êtes adorable, mais…

– Vous avez l'âge d'être mon grand-père, vous savez ? Il paraît que les hommes ne s'arrêtent pas à ces considérations… Moi, je ne sais pas, j'ai perdu l'habitude de mes propres désirs. Ce sont des choses qui arrivent quand on vit avec un prédateur pédophile. Allons, Louis, – je peux vous appeler Louis, n'est-ce pas ? – ne faites pas l'enfant, tout le monde le sait, depuis toujours, vous comme les autres. Moi seule l'ignorais, au jour de mon mariage. Vous imaginez ma surprise ! Ah décidément, vous n'avez pas de chance. Il y a encore vingt-quatre heures, je n'avais personne dans ma vie et ça m'aurait été bien égal de baiser avec un type vieux et moche comme vous… Vous auriez fait de moi vos choux gras. C'est bête hein ? Votre tour est passé…

La panique gagnait Massenard. Mais aussi pourquoi diable était-il sorti du bois ? Congestionné dans son nœud de cravate il aurait donné n'importe quoi pour être ailleurs. À coup sûr le serveur avait rapporté sa mésaventure aux cuisines où l'on en faisait des gorges chaudes. On saurait au « Commerce » et puis partout en ville, tout de son infortune !

Anne-Sophie lui dit :

– Calmez-vous donc un peu avant de faire une attaque ou une de ces choses obscènes que font les vieux qui ont des malaises en public. Soyez sage maintenant. Je vais vous raconter une histoire.

« Il était une fois une jeune fille dont j'ai oublié le nom, qui vivait parmi d'autres dans une maison au fond de la forêt entourée de beauté. La maison était belle, belle était la forêt, les jeunes filles aussi. De vieilles fées toutes moches mais très gentilles les servaient qui faisaient tout ce qu'on leur demandait. Le sujet du Prince Charmant occupait toutes leurs journées. De temps en temps, un beau carrosse venait en chercher une qu'on ne revoyait jamais. Celles qui restaient imaginaient que le prince était aussi charmant que son carrosse.

Un jour, on vint chercher la jeune fille dont j'ai oublié le nom. Sous les regards envieux des autres, elle monta, le cœur battant, dans le beau carrosse qui l'emmena d'abord chez ses parents qu'elle connaissait fort mal parce qu'il y avait très longtemps qu'elle ne vivait plus avec eux. Sa mère refusa de l'embrasser en disant :

– Vous n'êtes plus une enfant. Veuillez vous tenir convenablement, nous avons bien des soucis.

Son père lui dit :

– Nous vous avons choisi un mari, vous partez tout à l'heure le rejoindre, dépêchez-vous un peu, nous avons bien des soucis.

Le carrosse chargé de ses affaires repartit dès qu'elle eût embrassé sa vieille nourrice. Il roula longtemps, franchit des ravins et des précipices, des forêts pleines d'arbres morts, de brouillards et de frimas. Il faisait nuit noire lorsque le carrosse s'arrêta dans la cour d'un château. Seul un vieux serviteur mal aimable l'accueillit qui lui montra sa chambre. Elle se coucha dans le grand lit et s'endormit aussitôt.

Le lendemain, elle s'éveilla très tard. Comme personne ne répondait à ses appels elle s'aventura dans les couloirs du château, erra longtemps parmi les tableaux, les tapis poussiéreux, les tapisseries en lambeaux et les armures rouillées puis finit par arriver à la cuisine. Là, le serviteur de la veille était seul avec une cuisinière aussi vieille et aussi méchante que lui. Elle leur demanda où était le maître de la maison. Ils répondirent, d'un air sournois, qu'il était parti et qu'ils ne savaient pas quand il reviendrait. La vieille dit :

– Enfin… Il reviendra quand il aura trouvé…

– Trouvé quoi ? demanda celle dont j'ai oublié le nom.

– Ce qu'il cherche, répondit en ricanant le vieux domestique.

Plusieurs jours passèrent avant qu'elle ne vît son mari. C'était un géant horrible à voir. Il lui jeta un regard indifférent avant de s'enfermer dans sa chambre d'où parvinrent bientôt de terrifiants ronflements. Celle dont j'ai oublié le nom sut alors qu'elle avait épousé l'ogre qui parcourt le monde avec des bottes de sept lieues pour dévorer les petits enfants. Elle pleura beaucoup en se demandant pourquoi ses parents l'avaient mariée à ce monstre.

    — C'est parce qu'il est riche, répondit méchamment la vieille en la regardant droit dans les yeux pour y lire sa souffrance. Il est riche et il t'a achetée, ma petite. »

– Qu'est-ce que c'est que cette histoire ? s'affola Massenard.

– Un conte. Vous n'aimez pas les contes ?

– Je ne suis pas un enfant.

– Vous êtes un vieux petit garçon méchant. On aurait dû vous raconter plus d'histoire quand vous étiez petit.

– Ça m'aurait empêché de vieillir ?

– Peut-être, oui, ou ça vous aurait appris à rêver…

– Mais je rêve parfois…

– Je sais ce que vous allez me dire, que vous rêvez de moi naninanère, alors taisez-vous. Continuez à « rêver » comme vous dites, et tripotez-vous si ça vous fait plaisir mais c'est tout ce que vous obtiendrez de moi. Je n'ai plus besoin de votre aide. J'ai compris beaucoup de choses et je me débrouillerai sans vous. J'espère que ça vous ennuie.

Toute à sa joie, elle l'abandonna à ses œufs en meurette et s'envola vers les délices de Chloé.

Avançant à grandes enjambées vers ses amours, Anne-Sophie continuait pour elle-même :

    « Après des siècles d'ennui dans la maison de l'ogre, celle dont j'ai oublié le nom vit arriver un carrosse étrange. Il n'était pas beau, il n'avait pas de chevaux attelés et fringants, mais elle y monta pourtant. Aussitôt, il s'éleva droit vers le ciel… »

Puis elle replongea dans ses souvenirs de la veille.

Assis à son bureau

Assis à son bureau, il attend impatiemment que se dévoile la conspiration qu'on fait pour son anniversaire. Il entend bruire derrière la porte les conversations excitées, la voix de Benjoin, cet imbécile malodorant et celle de Sibylle qui ricane comme une petite fille, celle de son père aussi qu'il croyait mort depuis longtemps. Il entend tousser Massenard qui n'en a plus pour longtemps. En entendant celle de Chloé, il se déshabille.

La veille, comme deux fois

La veille, comme deux fois par semaine, Anne-Sophie nageait quatre kilomètres à la piscine, le prix que réclamaient ses tensions et ses peurs. De ces efforts désespérés résultaient une musculature et un corps de rêve qu'elle dissimulait ordinairement dans des tenues d'adolescente attardée.

Assise au bord de l'eau, Chloé avait les yeux rivés sur elle. Anne-Sophie, sous prétexte de bonnet de bain, de lunettes, de regard fixé à chaque longueur sur le mur d'en face, de concentration sur sa respiration ou le mouvement de ses bras, fit d'abord mine de ne pas la voir, mais le regard de Chloé obstinément attaché au mouvement de ses muscles, à la fermeté de ses fesses, à la puissance de ses cuisses, lui entrait dans le cœur.

Elle nagea jusqu'à elle.

– Alors, vous aussi vous venez faire des longueurs ?

– Je suis venue te chercher. Je ne crois pas à ce que tu es, répondit Chloé.

– Quoi ? Qu'est-ce que vous dites ?

– Tu trouveras mon adresse dans ton sac. Je t'attends à huit heures.

Dans l'eau soudain chaude et glacée, elle la vit partir sans se retourner. Dans son sac, un petit bristol portait d'une écriture ronde et autoritaire : Chloé Leblanc, 12 avenue de Châteaudun, escalier C (derrière).

D'après l'horloge au-dessus du bassin, il ne restait que trois quarts d'heure.

Elle se précipita sous la douche, s'y frictionna énergiquement, s'attarda au séchoir après avoir revêtu sa tenue de cauchemar noir et ses rangers. Pas le temps de refaire son maquillage charbonneux. Dans sa voiture elle renonça à penser à ce que voulait Chloé. Il se passait quelque chose dans sa vie, c'était bien suffisant.

L'immeuble écrasait le centre-ville. Entre sa base en grosses pierres et une haie de buis chétifs à l'odeur de pipi de chat, une allée étroite menait à l'arrière où elle sonna à l'entrée C. L'interphone répondit.

– J'arrive.

Elle attendit, tentant de ne penser à rien pour conserver le sentiment d'irréalité où elle évoluait tout à coup, évitant de se dire qu'elle se racontait des histoires, qu'elle avait mal compris, qu'elle avait les cheveux humides, qu'elle ne s'était pas épilée, qu'elle sentait le chlore, que c'était peut-être juste pour le boulot…

Après une longue attente, elle sonna à nouveau, sans réponse. Peut-être qu'on se moquait d'elle… Soudain, pieds nus dans un pantalon de coton noir noué à la taille, un tee-shirt blanc à fines bretelles lui découvrant le nombril, Chloé ouvrit la porte et son sourire en disant comme une formule magique, le monte-charge est très lent.

Anne-Sophie la suivit dans la grande caisse à claire-voie. Le fracas des portes coulissantes se répercuta longuement dans le tunnel de béton vertical. La nacelle s'éleva dans la pénombre toute entière agitée par les trépidations du treuil qui la soulevait. L'escalier de service défilait lentement par les interstices, les faibles faisceaux des lampes de secours balayaient leurs corps immobiles. Elles se tenaient loin des parois, si près l'une de l'autre qu'Anne-Sophie sentait la chaleur de Chloé. Elle dit, vous avez chaud.

Chloé lui prit la main qu'elle posa sur son ventre. Prise de vertige, Anne-Sophie se disait ça y est ! Ça y est ! Sans savoir ce qui y était. Du ventre de Chloé la chaleur irradiait dans sa paume, son coude, son épaule, puis descendait son dos pour gagner ses reins, ses fesses, ses cuisses, agaçant tout au long sa peau d'impulsions électriques. L'ascenseur s'arrêta dans un grand claquement dont l'écho résonna sous leurs pieds. Elles restèrent immobiles et silencieuses. Chloé attendait. La peur s'élevait entre Anne-Sophie et son désir. Elle aurait aimé jouir là, comme ça, sur place, rien qu'au contact de la peau de Chloé, et que son cri résonne dans l'ascenseur, ou bien qu'il se passe quelque chose de brutal dont elle serait victime… mais non, rien. L'immobilité de Chloé la noyait dans son désir comme si elle lui avait tenu la tête dans l'eau. Elle ouvrit la bouche, prit une grande goulée d'air puis glissa son autre main sur les hanches de Chloé et l'enlaça, pressant ses seins contre les siens. La tête sur son épaule, elle disait :

– S'il vous plaît…, s'il vous plaît…, et la glace qui fondait en elle l'emplissait de tiédeur humide.

Il a dix ans

Il a dix ans et il est nu lorsque la porte s'ouvre sur la blonde glaciale et tranchante comme un silex. Elle ricane en montrant son sexe flasque et minuscule à la foule qui se presse derrière elle. La femme au panier se tient dans l'encadrement de la porte. Elle garde sa main devant sa bouche mais son corps est secoué d'un rire inextinguible qui enfle et devient énorme, assourdissant.

À deux heures du matin

À deux heures du matin, Hélène rentra chez elle, ivre.

La faute en revenait aux très nécessaires cognacs qu'elles avaient d'abord ingurgités pour que Christine puisse enjoliver les exploits de Gérard Benjoin sur le parking de la boîte, puis pour surenchérir dans la narration de leurs amours d'antan. Saoules comme des grives, elles avaient juré sur tout ce qu'on voulait avoir réalisé leurs plus improbables fantasmes. Le luxe de détails de leurs descriptions avait illuminé la soirée du serveur de plus en plus empressé auprès d'elles.

Au volant de sa voiture, Hélène avait réussi à franchir le portail pourtant flou et mouvant. La bouffée de fierté provoquée par ce petit succès lui déclencha une vague d'euphorie et elle descendit du véhicule en plein fou rire.

Lorsqu'elle vit la lumière dans le salon, elle se dit qu'il n'était pas si tard que ça ou que Jean-Marc avait oublié d'éteindre en allant aux toilettes. Elle lâcha l'épineuse question de savoir pourquoi il était passé par le salon si c'était pour aller pisser, et se concentra sur l'insertion de la clé dans la serrure. Celle-ci se baladait dans l'espace et prit inopinément l'apparence des pantalons de pyjamas de Jean-Marc, avec Jean-Marc dedans. Elle lui dit gentiment Mékézduféla ? pour traduire son étonnement de le voir exister à cette heure tardive.

Elle venait de passer trois heures durant en revue la liste de ses amants réels ou supposés, depuis le petit Jean-Pierre du cours préparatoire qui regardait sa culotte jusqu'à Paul Newman, inlassable compagnon de ses nuits solitaires, mais Jean-Marc n'y figurait nulle part. Et voilà qu'il surgissait du néant dans ses pantoufles et son pantalon en trou de serrure ! Le fou rire la reprit en regardant son sweat-shirt décoloré et sa calvitie en bataille. Il avait un

livre à la main. Un livre ? Jean-Marc ? Un hoquet l'interrompit et elle le bouscula pour se ruer aux toilettes. Elle y vomit tout ensemble Paul Newman, Christine, Salomé, la putain du fleuve, l'interne de l'hôpital, quatre-vingts Euros de cognac, la fée Carabosse du téléphone, le flic, la marionnette et les enfants qu'elle n'avait pas faits avec Jean-Pierre, Jean-Marc et tous les jean-foutre de la planète. Ses larmes d'alcool lui brûlaient les yeux.
Elle eut froid.
Il la prit dans ses bras et elle eut honte de son haleine. Il la déshabilla dans la salle de bains. Elle vit qu'il regardait son corps avant d'ouvrir la douche.

Au matin il y avait un verre d'eau et deux cachets sur la table de chevet avec un mot : *J'ai dit à ton boulot que tu es malade. Il y a du café dans la cuisine. Je reviens à midi. J.-M.*
La tête sur le point d'exploser, elle goba les cachets, se traîna jusqu'aux toilettes puis jusqu'à la cafetière avant de replonger dans le lit.
Lorsqu'elle entendit la porte d'entrée, sa migraine était un peu passée. Elle se lava longuement, se maquilla et rejoignit Jean-Marc à la cuisine.
Il la prit dans ses bras avec la même incompréhensible et inhabituelle tendresse que la veille. Mortifiée, elle se laissait faire sans comprendre pourquoi il ne lui en voulait pas. Il avait préparé des pâtes et un steak. Elle n'eut pas la force de faire semblant d'avoir faim. Elle but un jus d'orange.
– Tu veux qu'on en parle ? demanda-t-il,
– De quoi ?
– De la fermeture de Turpin et Fils.

Il est midi

Il est midi, c'est le premier mercredi du mois et la sirène sur le toit de l'église, à vingt mètres de lui, hurle de toute sa force, interminablement, puis elle recommence, deux fois, trois fois, et ses mains ne peuvent empêcher le son de lui déchirer les tympans, de ramener au devant les fantômes de ses rêves, son père, la blonde, l'argent, Chloé qui se moque…

Assise à côté de Christophe

Assise à côté de Christophe et tâchant de conserver un peu d'équilibre à défaut d'une contenance, dans les profondeurs du canapé « rustique », Chloé observait de Massenard le talon de la chaussette chocolat au lait que frappait de temps en temps, la semelle de la mule de cuir. La peau du mollet, glabre, ivoirine et flasque, se perdait avec ses taches de vieillesse dans l'obscurité de la jambe du pantalon. Cette vision raccord avec l'intérieur de mauvais goût, l'attristait.

Elle en voulait à Massenard d'être ce chafouin sans envergure, cultivant sa jalousie au milieu des bois et des cuivres de catalogue. Christophe avait accepté la chartreuse qu'elle avait refusée et faisait tinter les glaçons dans le trop grand verre à cognac. Massenard sirotait, paupières mi-closes.

– Et bien… Mission accomplie, chers amis, et brillamment ! Félicitations !

Chloé avait atteint le paroxysme de la déchéance et sentait que quelque chose se déchirait. Cette situation cauchemardesque écrasait ce qui restait en elle de son éducation de jeune fille de bonne famille. S'il fallait regarder les choses en face, elle devenait abjecte et il lui fallait s'avouer avec un frisson proche de la volupté, que ces destructions cyniques étaient exactement ce qu'elle recherchait dans ces aventures : un moyen de sortir d'elle-même, de son corps, de son âme, de son image.

Elle avait frissonné de dégoût quand Massenard les avait appelés, « mes amis », et l'idée qu'il lui faudrait encore recevoir de l'argent, le remercier, adopter avec lui un ton ordinaire, lui serrer la main peut-être, la révulsait. L'abjection.

À ce moment de leurs missions, lorsqu'il fallait solder les comptes, elle sentait qu'elle frôlait sa propre limite, la ligne au-delà de laquelle il y avait la destruction d'elle-même, la folie… Elle regarda Christophe. Il avait basculé dans son « autre monde » comme elle disait. En roue libre, désincarné, flottant, un vague sourire aux lèvres, il semblait indifférent à tout, mimant la bienveillance, l'amusement peut-être. Plus rien n'existait entre eux. Ils étaient comme deux fauves ivres du sang de leur proie et prêts à se jeter l'un sur l'autre pour le plaisir de blesser encore, d'égorger encore, de faire encore jaillir le sang. Chloé était pleine d'une haine que Massenard lisait dans ses yeux avec délectation. Elle déformait jusqu'à son âme, et l'enchaînait irrémédiablement.

Le tournoiement de la chartreuse hypnotisait Christophe. Le tourbillon l'aspirait pour le recracher peut-être au centre de la terre, sur un continent lointain ou à l'autre bout de la galaxie… Il se noyait, appelait en vain, puis disparaissait dans les eaux glauques, les yeux et la bouche ouverts sur un dernier cri. S'il n'avait que vaguement conscience de la présence de Massenard, il voyait par contre avec acuité la masse blanchâtre et molle de ses vices qui emplissait la pièce. Elle s'insinuait comme une fumée épaisse, entre les pieds des fauteuils, rampait sous la table basse, se reflétait dans la grande bassinoire de cuivre rouge. Il en percevait la plastique, et l'élasticité, sentait son odeur répugnante de terre et de dent cariée où il puisait les raisons de détester ce « client ». Massenard n'était pourtant que cela, un client de plus, un minable dragon de plus, détruisant un minable royaume de plus. Il lui aurait été pénible d'exécuter les basses œuvres d'un maître qu'il aurait aimé. Dieu merci, ce n'était pas le cas. Dans quelques minutes, Massenard leur paierait le prix du sang et ils redeviendraient étrangers l'un à l'autre, c'était très bien ainsi.

Christophe voyait le dégoût que Chloé ressentait chaque fois. Mais il savait aussi qu'en peu de jours elle reviendrait vers lui, ange d'amour et de mort, curieuse d'extases nouvelles et de trahisons flamboyantes.

Massenard caquetait comme une perruche, pour meubler le silence et la solitude où le laissait le mutisme des deux autres. Il aurait voulu être admiré, qu'on le craigne, qu'on loue son audace, sa truculence, son cynisme, qu'on soit étonné, effaré, atterré, mais il se retrouvait aussi seul, sale et minable qu'en sortant de chez les putes. Ces deux-là n'avaient fait que suivre leur propre chemin, il n'était rien pour eux, rien qu'un cochon de payant. Pour les mépriser, il tentait un dernier coup de reins, un dernier arrachement vers la lumière, mais ils lui faisaient peur. Sous leur apparence de frêles prestidigitateurs se cachaient d'authentiques magiciens à tout moment capables de lâcher sur lui des forces archaïques et chthoniennes dont l'idée même le révulsait. Mais, c'était plus fort que lui, il pérorait, chantait sa gloire, narrait son épopée et pour séduire l'auditoire, enchaînait les anecdotes aux pensées profondes et aux plaisanteries qui toutes tombaient à plat et l'enfonçaient dans la fange en amassant sur lui des matières repoussantes. Il s'accrochait à l'espoir qu'écœurés par cette logorrhée, ils l'interrompraient pour réclamer leur dû. À ce moment-là, se disait-il, il faudra bien qu'ils sentent qui tient la laisse, qui commande. Mais ni l'un ni l'autre ne faisait mine de l'interrompre. Ils le regardaient comme un objet, une casserole sur le feu dont il fallait surveiller les éventuels débordements. Il suait, perdait ses mots, se répétait, bafouillait, s'excusait, se trompait encore… Sa voix se fit plus basse, son débit plus haché, ses joues s'empourprèrent, il éructa quelques insultes et, de guerre lasse, s'arracha de son fauteuil en ahanant comme le vieil homme qu'il était ; traînant les pieds, il s'en fut prendre dans le tiroir du bureau l'enveloppe de papier kraft où il avait serré l'argent et qu'il avait imaginé de leur jeter par terre, au lieu de quoi, il la tendit à Christophe qui la donna à Chloé.

Ils partirent sans un mot, sans lui serrer la main.

Il revint s'asseoir, vida d'un trait le verre que Christophe n'avait pas touché, contempla les gouttes huileuses glissant sur le cristal, puis s'abandonna au mal qui grossissait dans son ventre depuis plusieurs mois et qu'il refusait de nommer.

Il aurait aimé qu'on pleure, mais lui-même n'avait pas de larmes.

Il va sans carte

Il va sans carte en suivant son instinct. Vers la mer, celle de l'Ouest ou du Sud, peu importe. Il a soif de sel, d'iode, de vent, d'espace. Il suit le soleil et se trompe, prend des routes qui deviennent des chemins, il s'impatiente, sa voiture est tachée de boue, des branches ont rayé la carrosserie, il est las. La chaleur et l'ennui de l'après-midi bourdonnent autour de lui.

Voilà, vous savez tout

— Voilà, vous savez tout maintenant, conclut, piteux, Turpin, renonçant à chercher un regard amical sinon compatissant parmi les visages fermés qui lui faisaient face.

Adèle détournait les yeux et Chloé avait disparu. Il n'y avait ni grâce ni pardon, aucune absolution pour le chef vaincu.

Il avait prononcé un discours promettant des plans de formation, des garanties, aucun licenciement, des reclassements… Il croassait comme un corbeau minable et indigne de tout réconfort.

La salle de réunion ne ressemblait à rien. Un obscur conseiller en décoration d'entreprise avait déclaré « apaisante » sa couleur, « ergonomique » l'arrangement de ses plantes vertes et « propice à la réflexion et à une remise en question sereine » celui des tables et des sièges… Tout y était vain, abscons et faux. Le personnel inquiet, épaule basse et poing serré le regardait, et il n'en pouvait plus d'être l'ennemi « de classe », le patron et rien d'autre. Et dire qu'il avait cru pendant toutes ces années qu'ils s'aimaient !

Il tourna les talons et quitta la salle, plein de larmes de rage. En une piètre tentative pour sauver la face, il se redressa et rentra son ventre pour pénétrer dans son bureau sous le regard de la blonde inoxydable. Toutes ses affaires étaient déjà dans des cartons. Assise dans son fauteuil de direction, elle poussa vers lui l'enveloppe de papier brun qui contenait le prix, en liquide, de son renoncement. Il la prit sans l'ouvrir et sortit, l'âme transpercée par une épée de glace.

La faim l'a rendu somnolent

La faim l'a rendu somnolent, mais il refuse de manger. De temps en temps il arrête la voiture sur là-bas côté et s'endort d'un bloc, assis au volant ou allongé par terre dans l'ombre de la voiture, son odeur de tôle grasse et chaude. Quand il se réveille, il n'a plus faim. Les fantômes de ses rêves l'ont rassasié. Il pense « qui dort dîne » et reprend la route, plus lucide qu'avant, et plus loin de ce monde.

Avenue Jean-Jaurès

Avenue Jean-Jaurès, les éboueurs exécutent leur chorégraphie quotidienne dans le ronflement de la benne, les chocs profonds des poubelles heurtent le châssis, dans le halo de fumée et de brume que le gyrophare colore en orange. Pour ne pas passer près d'eux Rachid prend une rue perpendiculaire. Il court au milieu de la chaussée entre les trottoirs couverts de voitures, entre les pavillons dont les fenêtres s'éclairent une à une. Un homme sort de chez lui, une mallette à la main. On entend ses pas sur le gravier de l'allée. Il s'arrête et regarde les nuages que forme dans le froid la respiration de Rachid et qui lui rappellent ceux des chevaux du tiercé à la télévision quand il était enfant. Il le regarde s'éloigner léger et silencieux vers la lumière des réverbères. Il monte dans sa voiture en pensant aux fesses du coureur, à ses jambes fines, ses muscles longs et son beau visage concentré. Il se dit qu'il devrait courir aussi, qu'il prend du ventre.

Rachid a senti le regard de l'homme sur lui. Il les sent tous et chaque fois il lui faut un petit effort pour les oublier. Il se concentre sur ses foulées, sur l'air dans ses poumons, le jaillissement rythmique de la vapeur par ses narines, par ses lèvres. Il y a maintenant vingt minutes qu'il court, son corps est chaud, il pourrait courir toute la journée et les jours suivants comme cet homme léger et fragile qui a déjà fait deux fois le tour du monde et qu'il a vu dans un reportage. Il aime lui ressembler. Peut-être qu'un jour, lui aussi courra sans plus jamais s'arrêter, riche de sa seule course.

Il revient sur les trottoirs larges de l'avenue Jean-Jaurès. Les éboueurs sont loin derrière lui. Au bout, il y a le quai où un jour, un rat lui a sauté au visage avec un sifflement affreux. Désormais, il ne descend plus sur le chemin de halage, il reste en haut, sur la berge.

À cette heure, les voitures suivent en se hâtant les faisceaux de leurs phares sur le bitume mouillé où les pneus font un bruit de succion.

Il rencontre chaque jour les mêmes coureurs. Ils ne se parlent pas. Chacun apporte la plus grande part de ce qu'il est : son plaisir, ses kilos en trop, ses soucis, son ambition, sa frime… Samedi vers 9 heures, dimanche vers 11 heures, c'est le supermarché du sexe. Tous les dragueurs sont de sortie avec leurs shorts moulants, T-shirts fluo, pompes à vingt sacs et chiens de race. Mais il est 6 h 30 et on est mardi. Les dragueurs dorment encore, ou peut-être qu'ils suivent sur les quais les faisceaux de leurs phares qui accrochent dans la nuit les muscles de ses jambes.

Tous les jours il dépasse Atlas, un homme qui ne devrait pas courir. Les masses de chair de ses épaules et de ses bras ridiculement développées par le bodybuilding, lui font comme un sac à dos. Il a tant de muscles aux jambes qu'il ne peut les resserrer et court comme s'il avait fait dans sa culotte. Un jour ils se parleront et Rachid sait que la voix de ce monstre sera toute petite et pleine de naïveté. Il se dit que cet homme est sorti du conte de quelqu'un, comme le Golem, et qu'il court dans les rues de son pas maladroit et grotesque, pour tuer celui qui a placé entre ses dents la parole de vie.

Il la sent dans ses articulations. Elle coule dans tous ses muscles. Il se sent grand comme un oiseau dans le regard haineux et las de mauvaises nuits de ceux qui vont à leur travail et détestent ce jeune arabe beau comme un dieu et léger comme le vent.

Le paysage a changé

Le paysage a changé. Il est fait maintenant de collines bleues très belles et très douces. La route serpente entre des roches ocre, le parfum de pin et de pierre rend la chaleur moins accablante, il s'attend à voir d'un moment à l'autre la mer au détour d'un virage.

À l'hôpital, les yeux de Salomé

À l'hôpital, les yeux de Salomé papillotèrent un moment derrière ses paupières. Hélène interrogea du regard l'infirmière qui l'avait amenée auprès d'elle.

– Ce n'est rien. Ce sont des mouvements automatiques, ça ne signifie rien de précis.

– Est-ce qu'on sait quand elle se réveillera ?

– Il vaudrait mieux demander à un médecin.

– Mais vous avez déjà vu des cas comme ça non ?

L'infirmière ne voulait pas trop en dire.

– Chaque cas est différent. Mais on a déjà eu des patients dans le coma oui.

– Et ça se passe comment ? Ils se réveillent ?

– Certains se réveillent, d'autres non. Je crois…

– Oui ?

– Je crois que c'est plus facile pour eux de se réveiller s'ils ont une bonne raison de le faire.

– Je peux lui parler ? demanda Hélène après un silence.

– Bien sûr. Je vous laisse.

Le bandage de sa tête donnait à Salomé l'air d'une nonne. Les traits de son visage ressortaient avec acuité, la courbe de son nez, l'arc de ses sourcils. Les mains disposées de part et d'autre des courbes à peine esquissées de son corps, la peau cireuse, les yeux au fond de larges cernes, seul le mouvement électrique sous la fine membrane des paupières faisait d'elle autre chose qu'un gisant de pierre. Ce n'était plus le corps gracieux, d'une femme, mais un morceau de vie qu'il fallait disputer à la mort et pour lequel personne ne se battait.

– Salomé, c'est moi, Hélène.

Aucun signe de réponse, aucune modification dans le frémissement des globes oculaires. Hélène prit la main tiède qu'elle avait imaginée glacée. En termes compliqués elle commença à se justifier de tout et de n'importe quoi, racontant qu'elle avait appris, pour Tony, pour l'enfant, et la peine que ça lui avait fait.

Un grand apitoiement sur elle-même la fit sangloter comme une enfant. Les larmes et la morve lui dégoulinant du nez, elle se leva pour attraper un mouchoir dans son sac à main et fut tentée de renoncer et de s'enfuir. Elle fit deux pas vers la porte puis s'arrêta, traversée par une idée absurde. Elle revint s'asseoir près du lit, attendit un moment que le calme se fasse en elle, puis commença :

— *Il était une fois, une femme soldat qui partait à la guerre avec son régiment pour rejoindre son amoureux. En passant sur un pont elle aperçut, près de la rivière une princesse endormie.*

Elle sortit du rang et se cacha dans un buisson jusqu'à ce que toute la troupe eut disparu au loin. Alors elle s'approcha de la princesse. Son sommeil était profond comme la mort. La femme soldat se dit qu'elle ne pouvait la laisser ainsi en proie aux bêtes sauvages. Alors elle s'installa auprès d'elle et attendit pour voir ce qui arriverait.

Pendant cent ans, la femme soldat raconta chaque jour une histoire à la belle endormie. Elle avait oublié la guerre, son amoureux et son régiment, et les histoires faisaient comme un palais de cristal autour d'elle et de la princesse. Dans ce palais aux mille pièces, chaque chambre était peuplée de dizaines d'aventures, de centaines de paysages, de milliers de personnages, et chaque chambre était si belle qu'on pouvait y dormir jusqu'à la fin des temps. »

Il est pressé maintenant

Il est pressé maintenant, il n'a plus le temps. La voiture avale les virages les uns après les autres, ses pneus crissent sur l'asphalte. Il a confiance, il sait qu'elle tient la route. L'ombre gagne peu à peu quand il descend dans la vallée.

L'averse avait rincé le ciel

L'averse avait rincé le ciel. L'odeur de terre mouillée imprégnait tout le cimetière. Le buis luisait entre les tombes. En s'ouvrant, la grille émit un grincement qu'il reconnut pour l'avoir entendu autrefois, comme il reconnut le bruit de ses pas sur les graviers de l'allée, le silence et la paix, la vieille femme en noir portant un arrosoir vers la tombe qu'elle avait binée comme un carré de navets.

La faible rumeur du monde extérieur passait par-dessus le mur, presque rien, le Klaxon du camion du boucher, le moteur d'un tracteur au loin puis un coup au clocher tout proche pour dire la demie.

Il n'avait pas visité la tombe de son père depuis sa mort... depuis dix ans. Il dut chercher pour la trouver. Un carré de terre couvert d'herbes folles. Sur la stèle on lisait sous la mousse, en bas de la liste de ses aïeux occupants les lieux : Camille Mortier 19... - 20...

Franck Mortier se tint devant, attendant que quelque chose se produise, que lui vienne l'idée d'une prière, d'une pensée, d'un recueillement, de n'importe quoi qui remplacerait la colère, les reproches, les insultes. Ridicule dans son grand corps trop gros, il tenait les mains devant son sexe comme un footballeur devant le coup franc, au milieu de ce village paumé, sous les martinets qui criaillaient dans le ciel et la vieille là-bas, dont il sentait qu'elle le guignait du coin de l'œil pour raconter partout que le fils du Camille et ben il a finalement v'nu su' la tombe à son p'pa.

Il arracha les herbes pour affairer ses mains à la destruction de quelque chose. Le chiendent venait par touffes avec sa motte de racines. Les petites orties de cimetières qui lui lacéraient les doigts de traits de feu, détournaient sur elles une part de son ressentiment et libéraient les injures qui fermentaient en ses profondeurs. « Salaud, fumier… » Une ronce lui déchira la peau au bord de l'ongle « Salaud, salaud, salaud… ». Il posa sa veste et remonta ses manches pour arracher plus à l'aise et retrouva les gestes d'autrefois, arrachant, battant les mottes pour en extraire la bonne terre, rejetant en tas les déchets. Puis il s'en fut chercher une bêche et un râteau près des robinets et pendant une grande heure travailla à retourner la terre, en imaginant qu'il enfouissait ainsi tout ce qui remontait de son enfance. Il parlait si fort en lui-même qu'il jetait des coups d'œil alentour pour vérifier qu'on ne l'entendait pas.

Il considéra le carré de terre noire d'un œil satisfait et fut tenté de le laisser ainsi, plus sinistre et plus vide que la dalle de pierre du cimetière de banlieue sous lequel gisait sa mère « Morte sous les coups » comme il avait fait inscrire sur la stèle qu'il fleurissait chaque mois. Mais il fut pris d'une inspiration subite, regarda l'heure et s'empressa de ranger les outils et de jeter les mauvaises herbes avant de quitter le cimetière pour remonter dans sa voiture. Il démarra en faisant gicler les gravillons et en déchirant le silence. Il mit la radio à fond pour parcourir les dix kilomètres de départementale qui menaient à Blois.

Le vendeur de la jardinerie regarda avec méfiance ce gros homme en costume chic au pantalon crotté et aux mains sales qui venait en urgence acheter deux douzaines de bégonias, comme si sa vie en dépendait.

Franck Mortier repartit en chantonnant. Au cimetière, il acheva de ruiner ses chaussures de ville en plantant partout sur la tombe, les fleurs aux couleurs vives.

La vieille était partie. Il était seul mais il voulait marquer le coup d'une manière ou d'une autre. Il se planta face à son œuvre dans un garde-à-vous comique et entonna d'une voix incroyablement fausse :

– Toréador en ga-a-a-a-arde, et continua par : la, la, lalaa, la, la lalaa… car sa culture lyrique n'allait pas plus loin.

Il prit une chambre à l'hôtel du village, descendit acheter à l'épicerie-bazar-bureau de tabac, un cahier d'écolier et un stylo puis remonta dans sa chambre où il poussa la table devant la fenêtre qui donnait sur les champs et commença à écrire :

Il était une fois un petit chat qui apprit un jour qu'il savait nager…

Un dernier virage

Un dernier virage et il est sur l'autoroute. Tout ira bien maintenant, ce soir il se baignera dans la mer. Il appellera Chloé pour qu'elle le retrouve. Il évite une camionnette qui fonce sur lui, puis une voiture rouge, on lui fait des appels de phare, il pense à Chloé nue dans les vagues, sur le pare-brise du camion, il a juste le temps de reconnaître la femme au panier.

Adèle prit le temps

Adèle prit le temps de réfléchir pour faire face à toute une marée de sentiments qui montaient en elle. Il y avait de la tristesse bien sûr, le choc de la mort de Denis, une sortie somme toute honorable, un dérivatif qui lui évitait une lente déchéance, mais il y avait d'autres choses aussi, le sentiment d'une urgence à faire quelque chose de sa vie, de secouer certaine torpeur installée depuis longtemps, toujours peut-être.

Elle eut la tentation de partir se reposer, de faire le point, mais elle ne s'estima pas si fatiguée que ça, et elle n'avait pas envie de cesser toute activité. Adèle aimait travailler, être utile à quelque chose et se retrouver face à face avec elle-même. Son âge, son poids qui ne lui pesaient pas d'ordinaire auraient parlé contre elle au bord de la mer ou dans n'importe quelle villégiature. Elle ne voulait pas être une vieille peau et l'idée qu'elle pût « rebondir », selon l'abominable expression en vigueur, lui faisait tout simplement horreur.

Elle ne parvenait pas à s'indigner de la conspiration qui avait abattu Turpin. Après tout, il avait fait son temps et il le savait, comme il savait aussi que Massenard n'était que la conséquence, le résidu de ce que la « bonne société » peut créer de pire. Une tendre sympathie l'empêchait d'en vouloir aux « petits jeunes ». Elle appela Chloé dont la voix roucoulant à son oreille disait le plaisir de l'entendre. Elles se donnèrent rendez-vous à la terrasse d'un café que touchaient les premiers rayons du soleil.

Arrivée la première, Adèle commanda une menthe à l'eau et ferma les yeux pour mieux écouter les bruits de l'avenue, les conversations des passants, les bruits de leurs pas, le grondement sourd des voitures, un chant d'un oiseau, un avion au loin, le bruit des pièces dans la soucoupe du garçon, des cris d'enfants dans le parc voisin, un autoradio par une fenêtre ouverte… C'était fou tout ce qu'on pouvait entendre dès qu'on écoutait. Elle imaginait les visages et les expressions, elle se laissait surprendre par la naïveté de ceux qui parlaient dans leur téléphone portable, dévoilant les moindres détails de leur vie privée ou l'étendue de leur fatuité. Adèle se demandait si la bêtise avait un son particulier et si c'était pour ça qu'on disait « résonner comme une cloche » ou bien…

– Bonjour Adèle, murmura Chloé, toute proche.

La voix toute douce lança un frisson de plaisir qui parcourut son vaste corps et qu'elle savoura en gardant encore un peu les yeux clos. Lorsqu'elle les ouvrit, Chloé, penchée vers elle, suivait avec sérieux la progression de son émoi.

Adèle contempla à son tour son corps mince et souple, les ongles éclatants dans les nu-pieds entourant sa cheville de danseuse indienne, les jambes de miel, la jupette ondulant avec la hanche ronde, et la pierre rouge dans son ventre nu, les beaux seins que retenait un faible nœud de soie, les mèches balayant les fossettes, les lèvres pleines. Adèle lui ôta d'une caresse ses lunettes miroir et reçut en plein ventre le choc noisette de ses prunelles rieuses. Chloé déposa un baiser sur ses lèvres avant de s'asseoir en commandant…

– La même chose s'il vous plaît.

– Une menthe à l'eau ? demanda le garçon amateur de points sur les i.

– Si c'est la même chose, oui.

C'était la première fois qu'elles se voyaient en dehors du bureau où elles avaient passé de très agréables moments au jeu des yeux sans mots, Adèle regardant Chloé, et Chloé renvoyant à Adèle le plaisir d'être ainsi regardée.

Sans équivoque elles avaient envie l'une de l'autre. Où et quand elles s'aimeraient n'était qu'un détail, mais qu'il fallait régler sans trop perdre de temps. Elles burent en silence leurs boissons identiques, savourant à l'avance le parfum qu'auraient ses baisers.

– Que vas-tu faire maintenant ? demanda Adèle.

– Je vais te faire l'amour, à moins que ça ne soit toi qui commences. Qu'est-ce que tu en penses ?

Adèle rougit, troublée comme une jouvencelle.

– Ce sera comme tu voudras, mais je ne parlais pas de ça.

– Mais tu y pensais si fort ! Tu me demandais à quoi j'allais travailler, c'est ça ?

– Oui. Une ombre passa dans le visage d'Adèle. On a dit beaucoup de choses sur...

– Ce qu'on t'a dit est certainement vrai. Je suis une tueuse et Christophe est un tueur. Nous tuons des entreprises. Ça me plaît.

– Qu'est-ce qui te plaît là-dedans ?

– Je ne sais pas, tout et rien. C'est complètement amoral, ça bouscule l'ordre établi, je ne sais pas, c'est comme un grand coup de pied dans la fourmilière... Et puis on nous paye grassement, ce qui ajoute à l'immoralité en lui donnant un parfum de perversion, de prostitution, de... tueur à gages. C'est excitant.

– Et les gens qui travaillent dans ces boîtes ?

– Ce sont des adultes, même s'ils préfèrent ne pas s'en souvenir. Ils se retrouvent en situation d'assumer le choix de nommer sécurité ce qui n'est qu'un ennui abyssal. Pour eux, c'est difficile. Ils souffrent, ils se tordent de douleur et ressentent un profond sentiment d'injustice, mais c'est de leurs choix qu'ils souffrent, pas de ce qu'on leur fait.

En fait, j'essaie de ne pas me faire croire des choses. Je ne sais pas si c'est bien ou mal de détourner les gens de vanités accessoires pour les emmener vers l'essentiel, mais c'est vivant. La douleur ne vient que de l'alternative, tout changement est une souffrance lorsqu'on est dans un train-train, une répétition... Adèle, je n'ai pas envie de parler de ça. Nous avons des choses bien plus importantes à faire.

– Oui, dit Adèle.

Dans le procès-verbal

Dans le procès-verbal de l'accident, le gendarme note l'absence de toute trace de freinage, puis sous-évalue de cinq mille Euros la moisson de billets ramassés aux abords de l'accident. Il en fera cadeau à la femme du routier dont le corps a été traîné sur une centaine de mètres par la masse méconnaissable de tôles entremêlées que forment désormais la voiture et le trente-huit tonnes.

C'est une amie de sa femme, une portugaise, elle a deux enfants et il est las de ramasser des corps sur l'autoroute sans rien pouvoir y faire.

Épilogue

Lorsque les stagiaires entrèrent, elle cherchait quelque chose dans une sacoche posée par terre et c'est le tatouage de ses reins souligné par l'élastique de son string qu'ils virent en premier. Ils s'assirent en s'adressant les uns aux autres des regards suggestifs.

– Bonjour à tous. Je suis Chloé, votre manager pour ce stage de Shiatsu et éveil sensoriel qui a été décidé en accord avec la direction, le comité d'entreprise et les représentants syndicaux. Oui, Jean-Jacques ? Vous voulez dire quelque chose ?

Jean-Jacques fit signe que non, il n'avait rien à dire. Il ne voulait pas révéler à toute l'assemblée qu'il venait de chuchoter à Coquemart, il paraît même que ça a été une sacrée partouze !

– Vous aurez tout loisir de vous exprimer pendant les activités de l'atelier, enchaîna Chloé. Je vous rappelle que l'objectif est de vous familiariser avec les corps les uns des autres en vue de résoudre les tensions au sein de l'entreprise. C'est une méthode agréable et très éprouvée que je vais vous faire découvrir. La première séance aura lieu lundi prochain à neuf heures. Vous êtes priés de venir dans une tenue décontractée qui vous permettra de vous allonger au sol.

En accueillant Christophe, Catherine Schwarzburg la présidente-directrice comptait que les représentants des minorités au sein du personnel mettraient à son crédit d'avoir choisi un homosexuel pour remplacer le petit coq dont elle ne supportait plus les rodomontades. Elle estimait avoir surmonté suffisamment d'obstacles depuis qu'elle avait repris l'entreprise des mains de son père aujourd'hui décédé. Elle n'avait plus rien à prouver aux hommes dont la vanité et la testostérone l'ennuyaient. Elle aspirait désormais à la paix des sens et voulait oublier les perspectives de rachat et de liquidation de son entreprise.

Christophe lui semblait doux comme un agneau et son hobby de conteur l'avait littéralement enchantée.

– J'adore les contes, lui glissa-t-elle dans un sourire.

– Quelle chance ! s'enthousiasma Christophe. Voulez-vous que nous en inventions ?

– Vous allez sentir s'éveiller la Kundalini, dit Chloé lorsqu'ils eurent tous les yeux fermés dans la musique douce.

– *Il était une fois*, commença Catherine Schwarzburg…

Fin

Du même auteur

Aux Éditions Porta Piccola

Les Noues, comédie,
Deux Femmes, comédie tragique,
Ado-Missiles, comédie poétique,
Le Train, comédie politique,
PNL, tous victimes, comédie sociale,
À toutes fins inutiles, roman.

Avec Florence Delorme

Même Pas Peur, comédie jeune public,
Les Timazo, série jeune public,
      Premier épisode : *Le Batut - Le Mauvais Violon.*
      Deuxième épisode : *La Cave de l'Essor - Le Pays silencieux*